座頭鯨赫連麼麼

關於我的行蹤，童年的星星知道。

劉克襄

小說×繪本

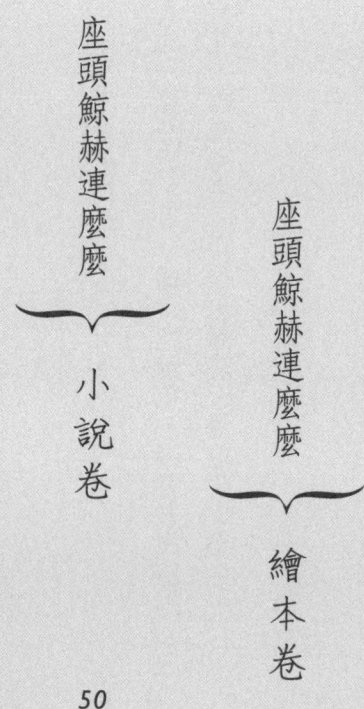

座頭，係日本江戶時代盲人的一種階級。有一種大型鯨魚，因背脊肉瘤的排列貌似這一背著琵琶的盲人，故而得名。只是台灣晚近依拉丁文學名，另取中文名為大翅鯨。

由於擁有一對寬大的胸鰭，在海裡泅泳時，猶若蝴蝶緩緩展翅，姿勢飄逸。再加上，常有歌唱、鯨跳和揚鰭等雄偉動作。這類特別不凡的習性，總讓我感性地以為，牠們是鯨魚家族裡的詩人、藝術家。

但我的浪漫總不抵研究的發展，重新翻讀這本時隔二十多年的動物小說，必須面對一個殘忍的事實。經過多年的調查，海洋哺乳類學者在座頭鯨身上，又有了諸多習性行為的發現。在小說大綱和結構不變下，必須修正一些過往文字的不足。我彷彿凝視著一艘停港多年的老舊戰艦，考量著如何整修裝備和機器，重新除垢、上油，讓它得以順利出海。

除了修文，插圖的編排應該也有所改變。調整為繪本形式，或許能帶出更多新境。於是，我又選了鯨跳、仰鰭、育幼、擱淺、深潛、吞食、沉思、凝視、沮喪，撫慰，以及跟虎鯨撞擊、對峙等代表性行為，完成十多張插圖，詮釋我的理解。加上其他動植物的輔助，藉由此一連續圖像的創作，我也再次享受，跟座頭鯨的對話。

過往動物繪圖甚少如此快樂，透過素描的長時浸潤，想像自己潛入海洋深處，緩緩貼近牠們，摸索其身體每一部位的結構。我隱隱感覺，自己對座頭鯨又有了更深層的溺愛。

座頭鯨游速緩慢，多半單獨生活。夏季在靠近極區的環境，為了覓食會成對，或以群體的組合出現。主要食物係甲殼類的磷蝦，或者追逐群聚型的小型魚類諸如鯡魚、玉筋魚等。

牠們是非常積極的捕獵者，捕食方法有好幾種。譬如直接攻擊，或者用長鰭拍打海水，將獵物擊暈。最獨特的狩獵方式，或許是水泡網捕獵。一群座頭鯨集體合作，在群魚下面圍成一個大圈，快速繞圈游動。每隻都利用巨大的噴水孔向上噴氣，形成簾幕般的水泡網，讓群魚害怕更加密集圍攏。等水泡網形成漩渦般大圈圈。緊接著，一隻隻座頭鯨從海水下方冒出，各個張開鯨鬚大口，向上牛飲，再篩濾海水。牠們利用這種捕獵法，一次可捕撈十幾公斤魚隻。愈多座頭鯨合作，水泡網可以做得愈大，捕到的魚群更多。

夏天時，群鯨集體合作，不分彼此。秋冬到南方繁殖時，覓食機會減少，多半是依靠體內儲存的脂肪過活。雄鯨為了爭得雌鯨，彼此成為競逐對手。

座頭鯨每兩三年生一胎，懷胎十一月，平均可活四、五十歲。

雄鯨會發出好多種複雜的叫聲，有時像牛鳴，亦似豬嚎，也可能如竹林搖曳的怪聲，又或發出某一外星人的囈語。那是對雌鯨的呼喚，也可能是主權的宣示。鯨魚專家長年觀察後的結論以為，牠們在唱一首歌。每年唱同一首，但隔年會更動部分曲子。

從菲律賓、台灣、沖繩、日本到堪察加，原本即有一大洋邊的島嶼地理連線，讓座頭鯨循此海流北上。目前全世界的數量逐漸恢復，估計約有六萬隻。

台灣周遭海域的座頭鯨過去想必比現在多。百年前，墾丁即設有鯨魚港口，跟挪威買了兩艘捕鯨船，在南灣一帶海域捕捉，直到二次大戰方才中斷。二十多年間恆春到台東的沿海獵捕了五、六百隻大型鯨魚，其中多數為座頭鯨。一九五七年捕鯨業在香蕉灣另起爐灶，豐厚的獲利吸引民間公司的加入，但是七〇年代末國際保育的壓力漸大，終在一九八一年台灣全面禁止捕捉鯨魚。

儘管台灣東海岸近年興盛賞鯨，但目及所見小型鯨豚者為多，只有很少的機會才能看到大型鯨魚，諸如虎鯨和抹香鯨等。座頭鯨更是難得，三四年才有一回罕見的紀錄。我們每隔好幾年，才能在外海看到一條座頭鯨時，或許也是某一警訊，提醒我們海洋生態環境的匱乏。如果年年經常記錄，那才是海洋恢復美好狀態的時候吧。

當初為何選擇座頭鯨為主角，係以一個新聞故事為開端。八〇年代中旬，沙加緬度河曾有一條座頭鯨溯河而上，遊蕩了好幾日，隔幾年再重返河道。後來，淡水河河口也曾有一對鯨魚擱淺，隔天神祕離去。這些故事都讓人著迷，卻也對其行為有些不解，難以釋疑。在科學無法清楚解釋前，容我大膽冒險，在小說裡尋找可能的答案。

初版序　死亡的摸索

十三年前的冬天，航海近一年後，我終於有機會目睹自己的軍艦於黃昏時駛入船塢，準備遠洋前的大修。當海水抽離船塢，這艘約一百公尺長的驅逐艦被一根根烏黑的橫木架，高立於半空中。

入塢第一天午夜，趁值更時，我爬下約地下三樓高度的塢底，沿著鋪好的鐵板條，小心地走到船頭前端。一滴滴沾著船汙油漬和腥臭的海水，兀自從船壁黏附的貝殼和油渣間慢慢地滲落。到處響著滴答的水聲，有些滴到我的手臂上，不時激起全身森冷的顫抖。這種攀附在船上最後才滴落的海水，還常帶來好幾天持續的刺痛和奇癢。但我已全然不在乎，因為再過不久我就要退伍了。我只是仰頭，仔細地凝神著，這個極少全部露出海面的烏黑身軀。

在海上時，我睡覺的位置就在船頭錨位附近的前官艙，如果以海中生物的位置來看，那兒合該就是大部分魚類和海洋哺乳類的腦。每天我都要擠進那兒，在一處低矮而窄小的空間裡，讓疲憊的身子儘量毫無感覺地休息。可是，我也常常無端地失眠，在闇遠無盡的夜裡，在深沉起伏的浪潮聲中，茫然地睜眼，呆視著緊貼於旁邊的艙壁，或者是走道上那一盞微弱的赭紅小燈。長期海外的漂泊，迫使我和整個社會斷了聯繫。那時有好長的一段時間，我始終強烈地感覺，全世界不知道哪裡去了。整艘船是因自己而存在。船上已無生物，只剩自己活著。

有時，我整夜在充滿恐懼中睡去，有時，卻意外地，很平靜而快樂地享受著長期航海所帶來的特有孤寂。我相信這種反反覆覆的心情，正是一種對死亡摸索的經驗。死亡，這種生命裡最後的成長，我恍恍惚惚提前地體驗了。而恐怕也是這種情境吧！過去，我竟常因夢到軍艦擱淺而驚醒。

那一晚，就這樣一直站在船首前面，聽著水滴聲此起彼落地響著，陪它逐漸乾涸。直到天明，讓它把最後一滴海水滴盡。當陽光第一次射到它全部龐然的黑色軀殼時，那布滿鐵鏽、斑駁的破舊身軀終於無聲了。我彷彿也是那時才自海洋回到陸地。

一九九三年七月

座頭鯨赫連麼麼

繪本卷

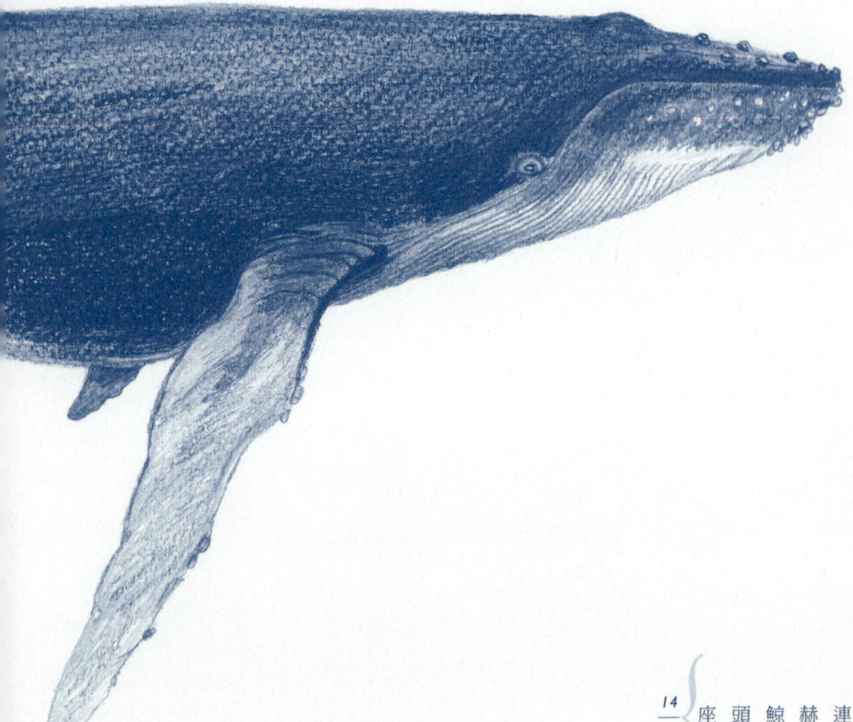

怎麼又輸了！

赫連麼麼很沮喪，這是準備最充分最有把握的一回。

信心再次崩潰，疲憊感襲湧而來……

牠面無表情地瞪著前方，
持續了好一陣子，
像尊石像般永遠看著一個方向……

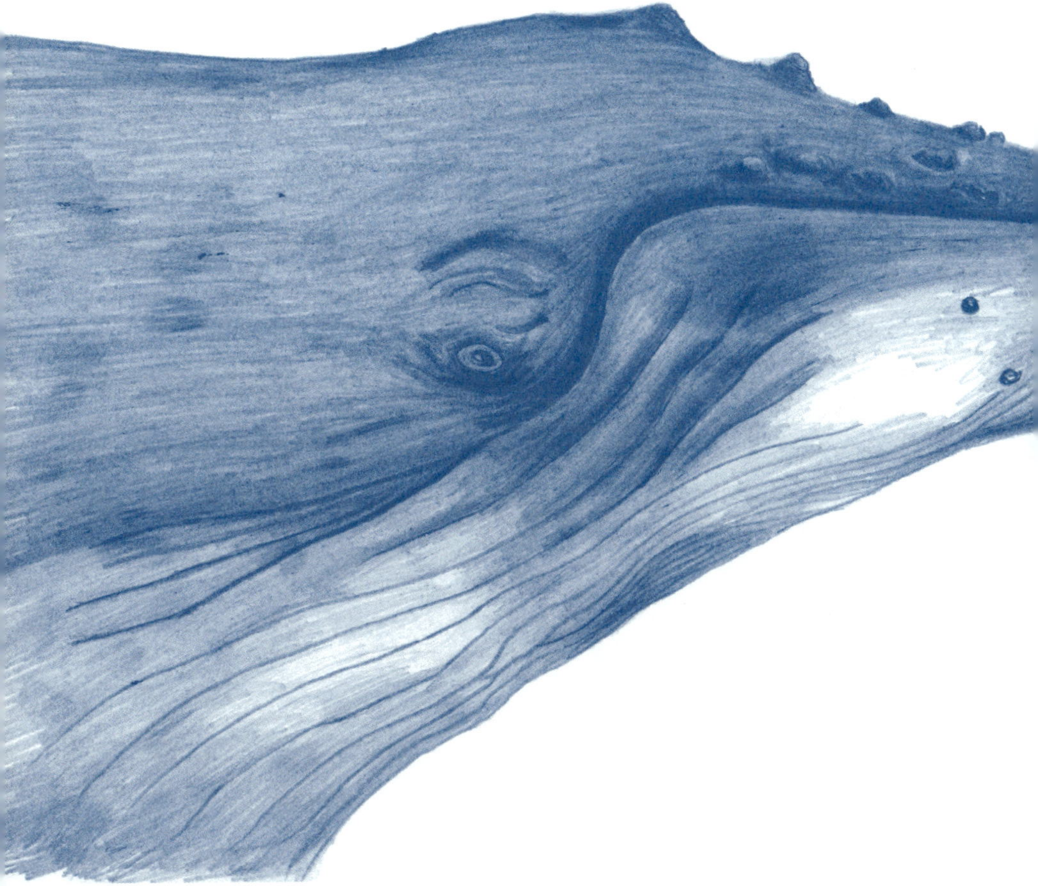

一隻在夜裡落單的海鷗，
發現河口冒出不尋常的漩渦。

轟然一聲，
雪白的浪花與泡沫自四周飛濺。
平靜的水面，
赫然浮現一頭濕淋淋的黑色巨怪。
海鷗慌措飛起，
嘰哩呱啦地對水面聒叫。

「終於又回來了！」赫連麼麼心裡吶喊著。
但是河口左岸隨即傳來駁船的馬達聲，
提醒牠必須下潛了。
深吸一口氣後，倒頭栽入。
尾鰭像巨大的信天翁羽翼，
擺高後再重重拍擊水面，發出巨響。

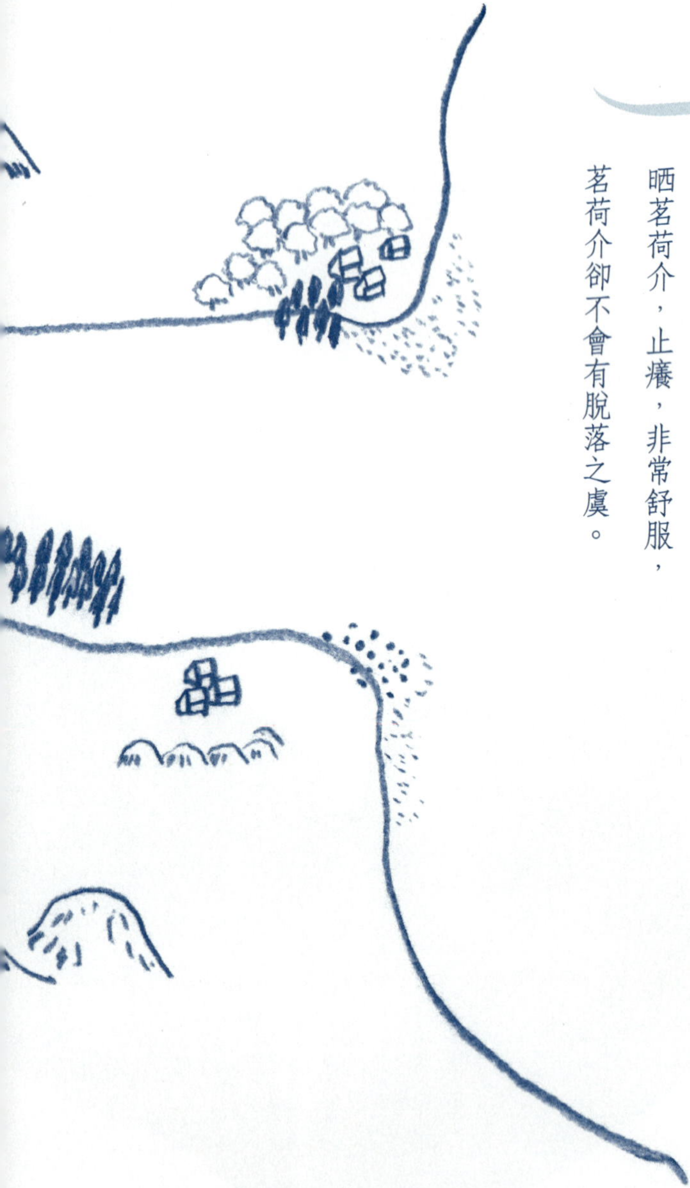

傳說這條河裡面有一個沼澤，
生長著高大的草，
鯨魚如果上岸，
可以在這種草叢裡獲得充裕的休息。
晒茗荷介，止癢，非常舒服，
茗荷介卻不會有脫落之虞。

赫連麼麼慢慢地泅泳，
抬起胸鰭打高，緩緩輕拍水面。
已經闖入河流了，也逐漸習慣河水怪異的氣味。
愈往上溯愈暖和，
不禁想起大洋中的熱帶海域，
童年時長大的藍色海洋。

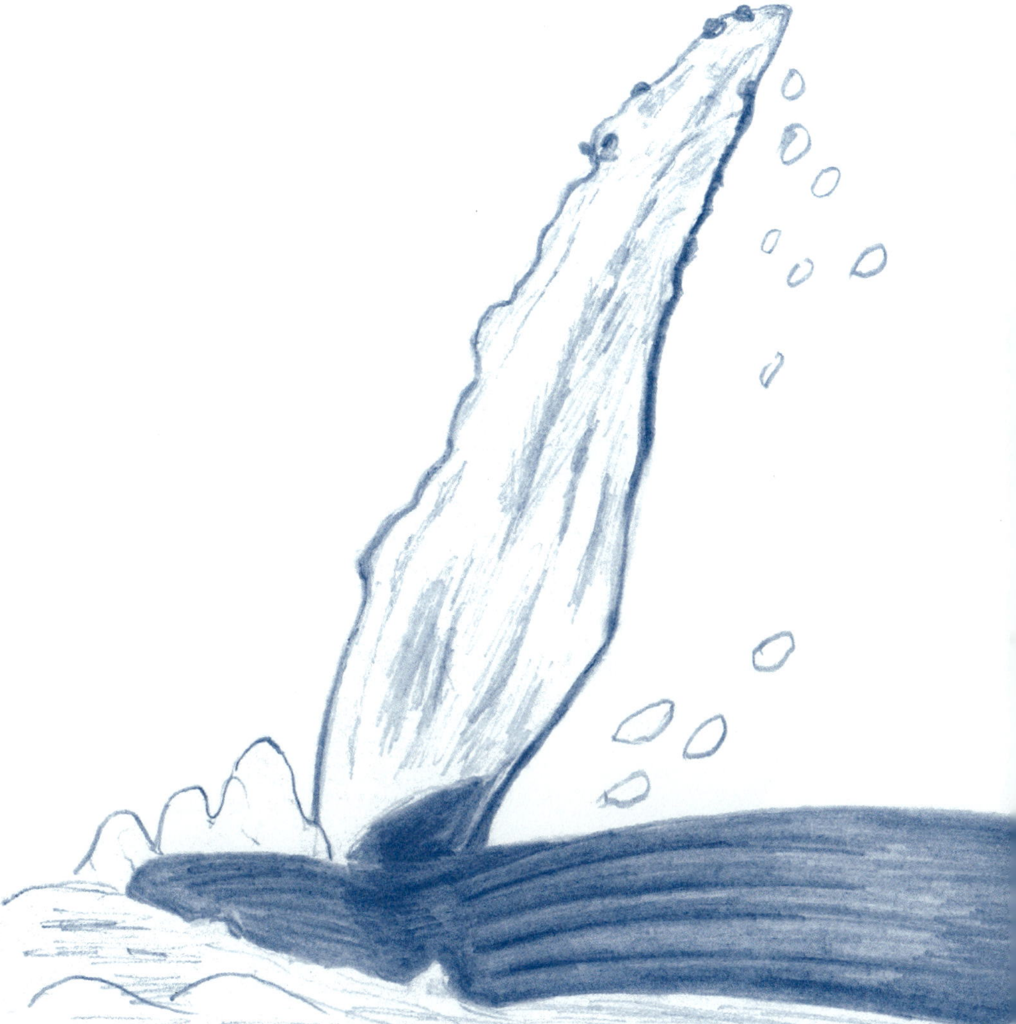

曾經擁抱海洋的胸鰭用來向河流致敬，
那是垂暮之年最大的榮耀。
來一場華麗的遊戲吧！
赫連麼麼猛然衝向水面，
在星光下飛躍，
攤開如羽翼的胸鰭，與灰亮的胸膛。

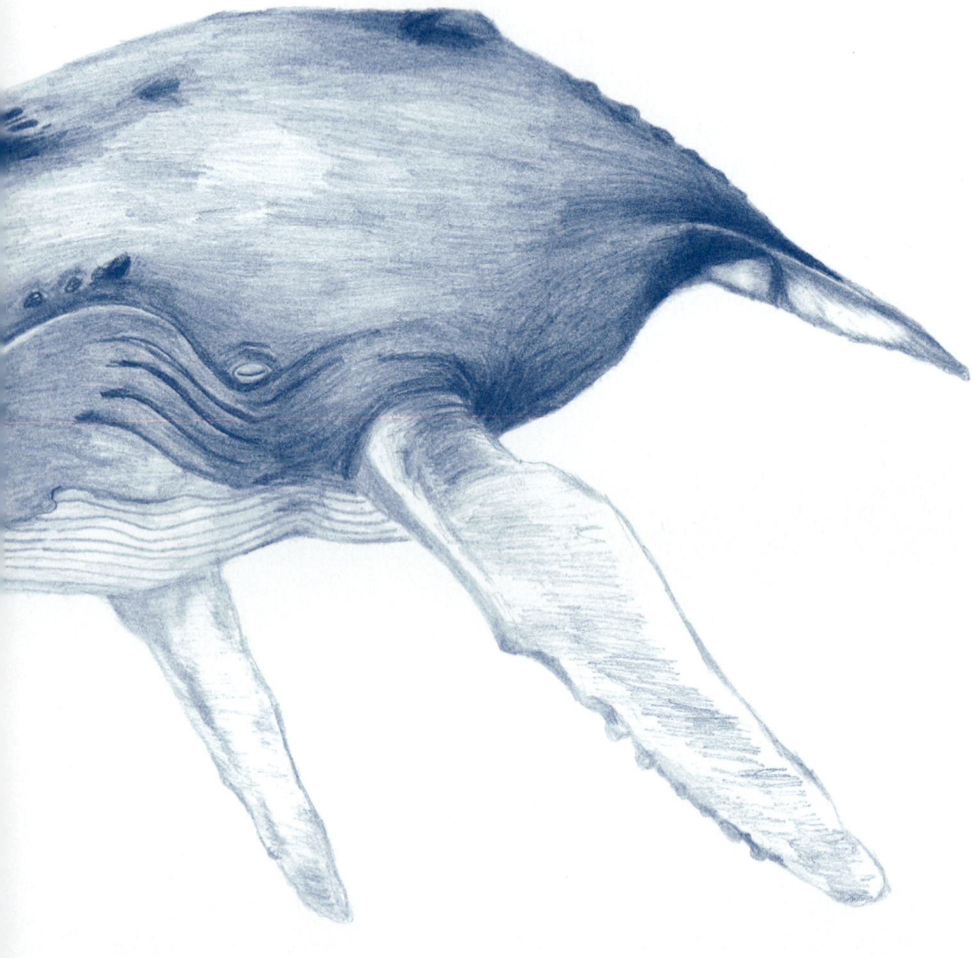

激情過後，嘴角下顎又隱隱作痛，
一定是附著在身上的那些茗荷介又在蠕動。
決定溯河，向西航行後，
這種疼痛愈來愈嚴重，
還夾雜著一種墜入深淵的窒息感。

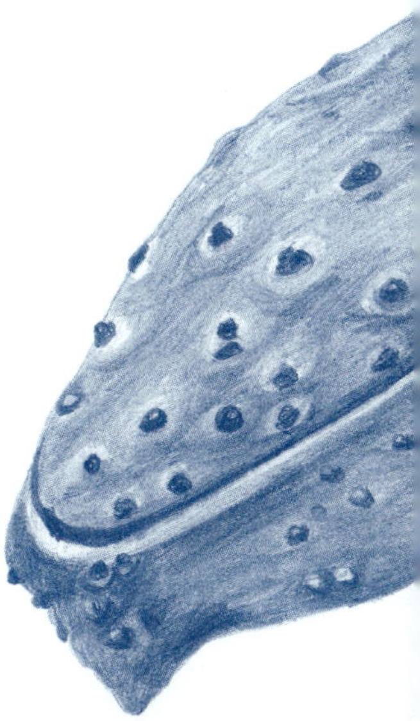

蕭颯、急促的河風不斷掠過沼澤，
流水聲在空曠之中漫漫緩動。
夢寐以求的草叢就在眼前，
赫連麼麼緩緩滑入。
在這個與海洋阻隔的時空裡，
生命的意義變得曖昧起來。

回想前來半途，
曾經遇到一陣逆戟鯨帶來的水流，
如冰山漂過海面時總有一股寒氣，
隱然從牠身子周遭通通過。

要游走已來不及了，
唯一的方法就是正面迎擊。
難道那是海洋生活的最後一戰？

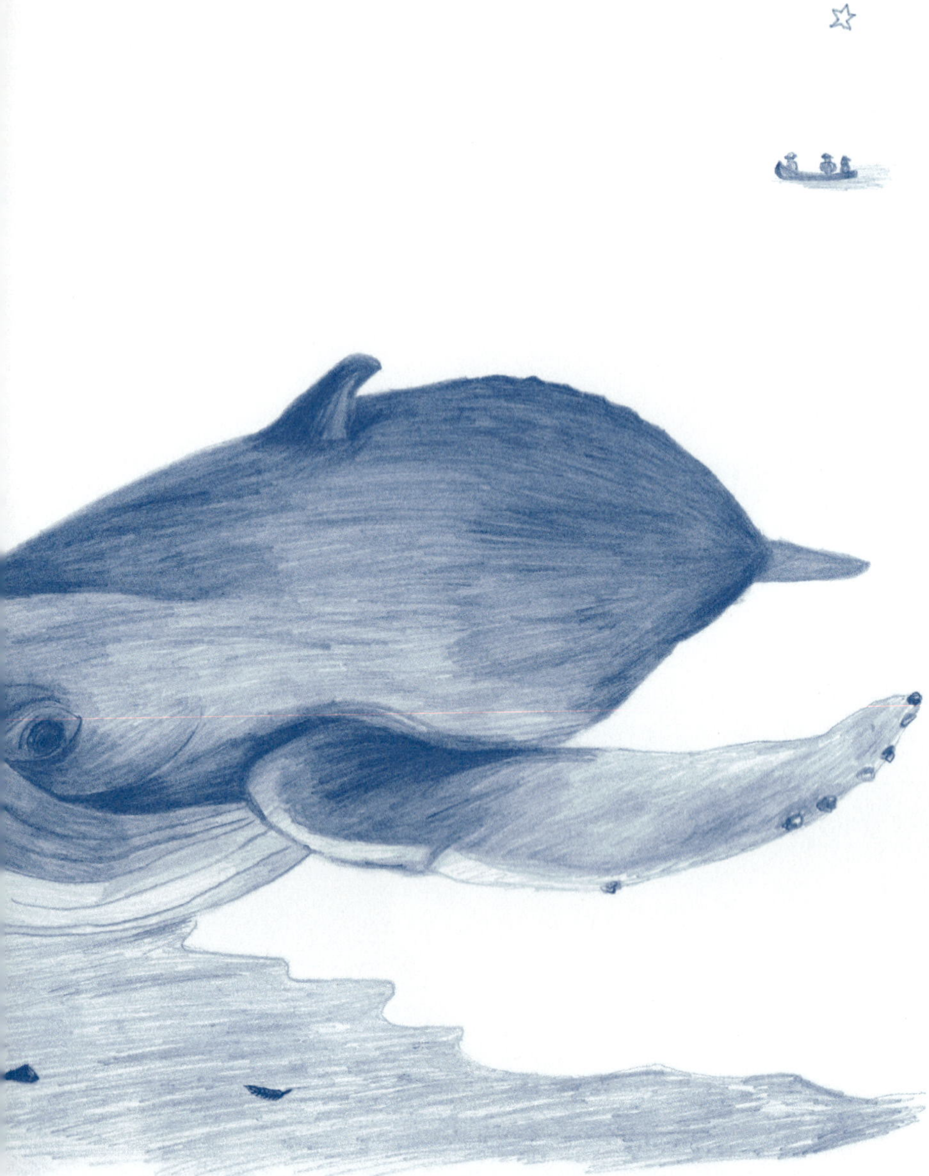

今晚的小熊星座似乎特別亮。

河風的冷與鹹，乾與空，徐徐吹拂著。

赫連麼麼隱隱感覺，背上的外皮逐漸乾硬，
甚至有點龜裂的痛楚了。

這回，這種消失感有著背離舊秩序的快感。

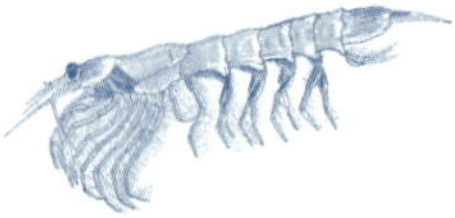

「遙遠陌生的地方，
或許有一群磷蝦，
但我看見了自己。」
想起自己的32號作品。

大海龜慢慢過來，
大剌剌地在赫連麼麼的嘴角邊歇腳。
未料到，
連擱淺也有海洋裡的老朋友來相伴。
失去水，牠感覺非常疲倦，
繼續昏沉沉地睡去……

行蹤神祕的鱸鰻扭擺身軀，
悄悄來到牠的夢裡，
後頭尾隨著一個巨大又熟悉的身影。

白牙小心翼翼地靠近。
兩個年輕時一起溯河的朋友，
默默地互相摩娑胸鰭，
一起追憶那段探險。
白牙的身子也愈來愈小，
退回到一頭剛出生無依無靠的小幼鯨。

水面上隱約響起一段悠揚平和的聲音。
好舒服的聲音，
讓赫連麼麼懷念起和母親一起生活的時光。
母親將牠高舉，頂出水面。

母親像水泡一樣消失後，
赫連麼麼覺得好疲倦好疲倦，
只想趕快休息，
趕快挪出一個位置，
讓海洋有更大的空間。

「關於我的行蹤，
童年的星星知道。」
牠微小的吟唱和星星一起，
在夜晚閃爍。

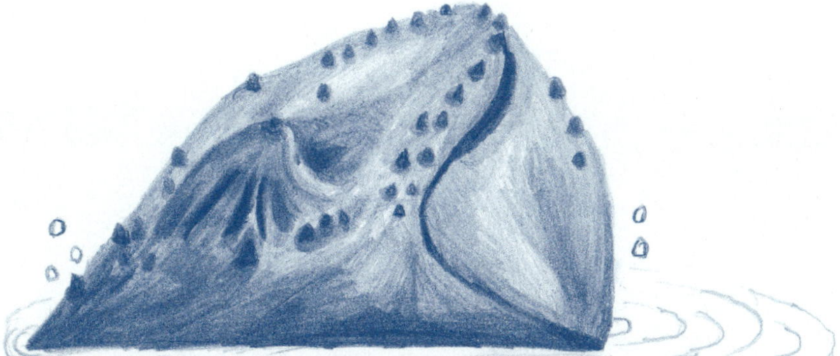

座頭鯨赫連麼麼

小說卷

0

升到離海面六七公尺處時，赫連麼麼靜止不動，緩緩地，深吐一口氣，一團水泡滾滾冒出。

原本平靜的海底，瞬息之間，籠罩在一股肅殺的氛圍裡。

牠已準備就緒，銀灰的身子如一枚巨大的隕星，筆直地朝遠處投射過去。遠處那一端，也有一團銀灰的軀體，那是比牠更加龐大的對手，正加足馬力衝過來。

未幾，海面下轟然一聲猛烈地碰撞，彷彿有火山爆發，火山塵衝出水面。一對黑色的龐然巨物躍出水面，頭頂著頭。背脊好像披著銀白盔甲的武士，閃閃發光。牠們隨即跌落，再度造成轟然巨響，激濺起滾滾的浪潮。

赫連壓壓隱隱感覺，背部被附在對方身上的尖利貝殼劃過，悶吭一聲，痛得差點暈厥過去。牠強忍著撐回原先的攻擊位置，繼續保持戰鬥的姿勢。但一條血水自背部流出，從眼前漂浮而過。

對手並未繼續挑戰。赫連壓壓看到牠揚起特別銀白的尾鰭，一副勝利者的姿勢，昂然游走。

又輸了！牠很沮喪，這是牠準備最充分最有把握的一回。牠的信心再次崩潰，疲憊地失去平衡，朝海底，墜落……

1

午夜過後，潮水慢慢高漲起來。

河口的海面出現了一個大漩渦。

這塊海域經常出現漩渦，過去泰半集中於北岸的岩礁區，離河口仍有一段距離，退潮時比較容易發生；而且多半很小，出現時間短暫。這個漩渦卻久久未消，不斷地迴旋，彷彿囫圇吞地將周遭的海水與浮物猛力吸入。海底下方似乎有一個很大的黑洞。

發現大漩渦的是海鷗。

最初，可能是兩三隻飢腸轆轆的海鷗，午夜裡在這個唯一還會有食物的地方徘徊，意外地看到了這個大漩渦。

漩渦的出現，往往會將漂浮的各種海洋生物吸聚而去，各類魚群也圍攏四周，形成縱橫獵捕的臨時大食場。漩渦愈大，食場的獵物種類也愈多。

不久，遠方岩礁上棲息的海鷗悉數飛奔而至。夜黑的漩渦上空，竟然集聚了上百隻海鷗，一起聒噪地叫嗥、俯衝、低掠。

海鷗們非常忙碌，眼光貪婪地閃現著兇殘的敵意，生怕錯失任何良機。冬天以來，連河口的魚群都變得稀少，牠們經常挨餓，不得不飛往沙灘的垃圾堆覓食。漩渦裡面的魚群是入冬後集聚最多的一回，牠們的叫聲充滿亢奮之情。

有些年輕的海鷗迫不及待地從空中疾飛而下，像雁鴨般浮游水面，忙著用嘴喙戳入水裡搶食。牠們也懶得飛上天空，常常隨著漩渦打轉，直到快捲入渦心，才依戀不捨地拍翅、振翼，拔入高空。未幾，又落降到漩渦邊緣。

年紀較長的海鷗個性較謹慎，挺著空肚盤旋著，偶爾飛掠水面銜咬小魚。一逮著，仍舊飛上空中吞食。牠們從未見過如此大的漩渦，疑慮還未卸除。

整個天空異常混亂。威嚇的叫嗥、激昂的鳴啼與迅快的飛撲此起彼落。大漩渦像張慢慢轉動的唱盤，引領著飛上飛下的海鷗群，如無數個音符在海上跳躍。它把這群河口邊處於挨餓狀態的海鷗帶到一個飢渴與慾望紛飛的高潮。整個冬季以來，因著缺乏食物而保持的沉默秩序早就蕩然無存。

突然間，大漩渦消失了。不知為何，這張唱盤像停電般不再轉動，慢慢恢復原狀。海鷗群頓時啞然無聲。靜寂無波的海面，一股寧靜的不安迅速擴散開來，彷彿要發生什麼事。原本浮游在海面上的年輕海鷗急速飛上天空，六神無主地四顧張望。剩下一些殘餘的水中生物零散地漂浮著，魚群也為這不尋常的狀況趁機紛紛走避。海鷗們漸趨鎮定，靜默地滑翔，期待著新事物的出現。東北風吹拂下，只剩海鷗的羽翼獵獵作響。

水底仍是黑漆而深沉，看不清任何東西。海面旋即又恢復波浪起伏的狀態。冷風颼颼，似乎比平常更加寒冷。海鷗群徘徊十幾分鐘後，眼看不可能再有魚群集聚，禁不住寒意，紛紛拍撲離去，飛回岩礁區歇腳。

當最後的三四隻海鷗朝岩礁飛去，海面砰然冒出一條高大的噴氣水柱，約莫六七尺高，聲音異常宏亮。最後離去的幾隻海鷗不約而同地掉轉回頭。白色的噴氣水柱化成霧氣。緊接著，海面又不安地騷動起來，大漩渦又出現了。海鷗聒噪而興匆匆地全部折返。牠們知道清晨時不用到沙灘辛苦搜尋和爭奪食物，光是這裡的魚群就足以維持三四天。

不過，這回漩渦打轉時，裡面還冒出大量的水泡，由海底滾滾冒出，像炊煙裊裊，形成一長串白色的帷幕，最後形成水泡網。魚群再次陷在裡面，進退不得。

這團突如其來的水泡衝至海面時，擾亂了海鷗群的覓食。海鷗群無法看清魚群的位置。牠們被迫離開水面，滯留在天空憤怒地嗥叫。可是又捨不得離去，只好忍耐著，繼續空肚盤旋。好不容易等到氣泡消失，要俯衝下去了，漩渦卻跟著消失。海鷗群這回更加生氣，相互暴躁地威嚇，在空中鬧成一團。這次牠們學乖了，硬是不肯飛回岩礁，全部賴在海上盤飛。牠們飛得又累又倦，顧不得危險，全部飛下去休息，浮游在海上。結果，漩渦還是不見蹤影。牠們再次上當。

寒風再度增強，牠們已無力生氣，連一聲鳴叫也懶得發出，紛紛拖著疲憊至極的身子，勉強拍翅，慢吞吞地飛回岩礁。

漩渦再次出現時，海面上已無海鷗的蹤影。

海裡也只剩一群巴掌大的銀鯧，約莫二、三十來隻，在牠們習知的這處河口，成群地到處逡巡、遊蕩。準備再迎合著月光，浮上較暖和的上層海域，尋找食物。

牠們正要游升時，上層海域出現一團朦朧的陰影，像天空上的一團烏雲般濃密。慢慢漂過來，拓散、擴大，擋住銀鯧群眼前原本即非常微弱的月光。銀鯧群上空頓時漆黑如墨，等眼前再倏忽一亮時，那團黑影已緩緩漂過。

銀鯧群像被雷電觸擊，全傻住了。銀鯧群從未見過這麼碩大，既不像船隻，又不盡然像魚身的黑色大怪物。霎時間，牠們似乎清醒過來，驚得四處逃散，過了好一陣子，才慢慢集聚一塊。大怪物仍舊大搖大擺，悠悠地向前漂航，絲毫未受牠們的影響。

銀鯧們忘了原先上浮的目的，好奇地對著大怪物盯梢。大怪物動作相當遲緩，似乎不具有攻擊性。牠們的膽子漸漸壯大，悄悄游近，挨到其身邊，仔細嗅聞。

月光將大怪物身軀分割成不規則、不斷流動的塊狀光影，使得大怪物看來更充滿神祕感。

銀鯧群最先接觸到的是大怪物的尾鰭。牠的尾鰭跟銀鯧或其他魚類截然不同，魚的尾鰭豎立如船舵，牠的尾鰭卻像一對老鷹的羽翼攤開，平貼、橫擺。兩瓣尾鰭都有塊大白斑，附著一些硬物。近看時，原來是閃閃發亮的尖利貝殼，牠們又叫茗荷介，外殼堅硬如頑石，邊緣又銳利如鋼刀。牠們寄生在怪物身上，蟻聚成形。這些茗荷介的數量相當多，顯然附存有一段時候。

有些銀鯧忍不住，張嘴咬食這些白色的茗荷介。茗荷介紛紛縮入硬殼內。這個輕微的動作引發了大怪物身體的一些不適，尾鰭微微地擺動。僅那麼一次輕擺，一股巨大的水流湧向銀鯧群，竟將牠們甩得好遠。所幸尾鰭擺動的速度緩慢。水流湧過來時，銀鯧心裡多半有所準備。等落後大怪物一段距離，牠們也未亂掉隊形。好像玩遊戲般，愈加興奮地溯游跟上。

牠們再從尾鰭下方接近，好不容易翻繞過圓筒身的尾背。一連串如小丘的肉瘤後，眼前赫然有一座如駝峰的黑色背鰭突立。牠們有點畏怯，又翻游而下。

背部之下是一片不同於上的外表。腹部至胸腔的造形十分宏觀，好幾條縱深白色胸腹的喉腹摺；每條喉腹摺的間隔相當平均。銀鯧們小心翼翼地再向前，胸部的喉腹摺邊端，有對巨大的胸鰭橫伸而出。

跟一般魚類相較，這對胸鰭與身子的比例略嫌過長，倒像是鳥的羽翼。胸鰭的邊緣也寄生有許多閃著亮光的茗荷介。在這對胸鰭下，銀鯧群好像身處於章魚爪間，有著隨時會被捲噬的不安。牠們猶記得剛才尾鰭的揮動力量，於是心有餘悸地謹慎避開，再度努力翻游而上，上抵大怪物寬厚的背部。

由上往下看，大怪物有一副臃腫的身子！牠們相信另一側應該也有一個胸鰭。果然，翻越背部分脊後，另一個從側翼緩緩揮擺而出。

銀鯧群正處於背部中心。此時，駝峰般的背鰭落在後頭，像一座低矮的小山丘，隱約而模糊不清。

這是銀鯧群所見過最大的動物身軀。牠們繼續向前，黑色背部突然出現海溝似的斷裂傷痕。一條白色的溝痕斜斜橫亙在背部上。很顯然，這是大怪物創傷的痕跡，或許曾遭到魚叉射傷過，也可能是與其他動物格鬥的結果。銀鯧群猜疑一陣，又繼續向前，黑色背部略略前傾，銀鯧群下方是一對像火山口的大噴孔，緊緊閉著。大概是這隻怪物呼氣的地方。銀鯧群機伶地從旁游過。

越過噴氣孔之後，大概是頭部的位置了。愈往前行，如小火山錐般矗立的茗荷介又慢慢增多。頭部的嘴角，茗荷介更是聚如蜂巢。

銀鯧群終於游完全程。翻抵嘴唇下，牠們吃驚地發現，下唇積聚的茗荷介益發驚人，像一片凹凸不平的岩礁海岸。剛才由腹部出現的喉腹摺，越過胸部後，似乎一直延伸到嘴唇附近。

銀鯧群也被大怪物的嘴形所震懾。那大概是牠們所見過最大的嘴。大怪物如果張開來，一口即可將牠們輕易吞入。幸好大怪物嘴唇緊抿，唇線在眼睛前方轉個大彎，再和喉腹摺並行，向下迤邐而去。這使怪物的嘴唇看來永遠保持微笑的形容。

很大的一個隱隱微笑。

銀鯧群頓時產生不少安全感，慢慢沿著嘴縫邊向後游。

然而，大怪物的眼睛呢？這個任何陌生物最重要的接觸點，到底在哪裡？銀鯧群有點困惑而不安。牠們繼續沿著嘴縫抵達嘴角時，一個月眉形比牠們任何一隻身體都大的眼睛終於出現。但相對於龐大的身子，又似乎小得有點滑稽。

彼此的眼光相互接觸時，大怪物的眼睛絲毫未眨動，始終面無表情地瞪著銀鯧群，嚇得銀鯧群退避三四公尺遠，再慢慢靠上。大怪物仍沒有異樣的動作，連眼球也未隨牠們的游動而轉移，只是繼續朝前方瞪著，像尊石像般永遠看著一個方向。

銀鯧群又渾然忘我了，繼續往前逼近，準備一探牠的眼睛部位。

這回，大怪物似乎察覺牠們的存在，不想再玩這種遊戲。尾鰭奮力一甩。這次的擺盪力量遠大於上回，銀鯧群感覺四周水流一陣徹底地翻攪。牠們雖未被甩遠，大怪物卻藉力往上游走，待牠們穩定身軀，朝前一看，怪物呢？怪物又像一團烏雲般。這回仍是從牠們頭頂漂離而去，消失在灰濛濛的海水中，任憑銀鯧群再怎麼快的速度也追趕不上。

銀鯧群剛剛遇上了一頭鯨魚。

2

小和做了一個夢。

在夢裡，那一天，他拎著竹簍與釣魚竿，由阿公騎腳踏車載著，回到鄉下的老家。

老家附近有一條小溪。他們選擇一處狹窄的溪岸垂釣。阿公說那兒鯽魚最常出沒。他們垂釣的上游，小溪開闊如水塘。一棵陰鬱而濃密的大榕樹橫生於旁，枝葉與鬚根四處垂落，層層遮蓋。水塘上空如加了頂的棚子，許多婦人在溪邊搗洗衣物。

阿公替自己的魚竿裝上餌，卻未幫小和裝上魚鉤。阿公的理由很簡單，小和還不會釣魚，弄不好反而傷了自己。即使釣到了，處理不好也會把魚弄受傷。小和只能用線綁住蚯蚓。

垂釣之後，一連好幾回，小和都眼睜睜地看著魚兒上鉤，拉出水面，又安然地掉入水裡。但阿公已經拉上了好幾尾。

小和很生氣，魚竿放在原地，獨自沿著溪邊蹓躂。他經過大榕樹，不自覺地往上瞧，卻嚇了一跳，那蒼老而斑駁的樹幹停棲了好多蠕動的毛毛蟲。他趕忙避開，繼續往前走。

小溪越來越清澈，他也看到魚兒在溪底游動。溪岸兩旁開滿紫色和黃色的小花，許多蝴蝶在溪上飛舞。但是小溪越來越窄，他好奇地沿著小溪走，想走到盡頭。

終於，他看到了小溪的最終源頭。一點一點如雨滴的地下水，從水田旁的土壁坡慢慢滲出，滴到地面，形成小水窪，再慢慢地匯聚，流成小溪。

他爬上土坡。那兒是一座大草原，草原上一條黑沉沉的鐵軌躺著，伸向遠遠的地平線。他吹著口琴，走在鐵軌上，時而踩在枕木上，時而在碎石地上踢踏。

還有好幾次，他都忍不住，臉頰貼著鐵軌俯耳傾聽，看看是否能聽到什麼，但他往往只嗅聞到鐵軌上濃厚的機油殘漬味。

小和繼續走，一直走。不知走了多久，前方突然出現了一個黑色的大怪物。他仔細一看，原來是輛黑色的火車頭傾倒在鐵軌旁。是那種有黑色煙囪，用煤炭發動，鑲紅色邊的火車頭。

他有點害怕，遠遠地看著，好像在審視一具殘敗、破落的舊機器。等他覺得安全，鼓起勇氣走向前。火車頭竟慢慢爬起，像一條毛毛蟲一縮一張地爬回鐵軌上。繼而又一抽一扭地向他駛過來，而且不斷吐出濃煙，發出噗哧聲。

小和害怕地轉頭，撒腿就跑，火車頭卻緊追在後，同時，發出巨大而尖銳的高昂長鳴。小和嚇得想逃離鐵軌，可是鐵軌彷若有一股強大的磁力，他怎麼跑就是離不開。火車頭跑得非常快，不一會兒已經緊臨他的後頭不遠處。

幸好，小和跑到了溪邊，趕忙縱身跳入溪裡。他以為終於擺脫火車頭的追逐，未料火車頭竟然也跟著跑入溪裡，只露出半個頭來，全然不受溪水浸沒的影響，奇蹟似地在溪上跑了起來。

他又不斷地跑，最後來到大榕樹旁。那兒沒有半點人影，連阿公也不在溪邊。情急之下，他趕忙爬上大榕樹躲避。火車頭衝到大榕樹前，頓時失去動力。像洩了氣的氣球，整個萎縮、熄火，慢慢地沉入溪裡，只剩下濃煙製造的水泡咕嚕咕嚕地浮上來，似乎很不甘心的樣子。

小和驚魂甫定，突然覺得身上有小東西爬動的窸窣聲，低頭一瞧，原來身上爬滿了毛毛蟲。他連滾帶爬，嚇得滑下來，將毛毛蟲抖了一地。清完毛毛蟲後，喘口氣。小和沿著溪邊走，突然又聽到嘩啦啦的水聲。回頭一看，不得了，火車頭又冒出了水面，濃煙滾滾，向他衝了過來。

3

赫連壓壓在河口前浮出時，月亮正被烏雲遮住，僅剩一抹殘光斜照。最後的這點鵝黃光暈落在牠的身上，映出一片水光，濕漉漉的，在牠曲線幽緩的背部隱隱閃爍。

遠看下，牠像一座島嶼；孤零而死寂地漂浮於海面。

「終於又回來了！」牠心裡吶喊著，猛力噴出一道水柱，似乎把某些過去以來生活的壓抑全給釋放了出來。隨即朝正對河口的海面緩緩游去。

牠先遠眺河口右岸，一片空蕩蕩的沙灘，彷若白牙的骨骸仍橫躺在那兒。呆望了許久才離去。

河口左岸閃爍著一片通明的燈火。牠不安地盯著。通明的燈火通常意味著河岸可能已興建了港口，住著不少人類。如果想通過河口，必須冒很大的危險。然而，千里迢迢到來，沒有另外的選擇機會了，牠再次提醒自己。面對已經變化的河口，牠想到的只是如何利用黑夜和漲潮的機會再度潛游進去。

河口左岸隱約傳來好幾種駁船的馬達聲，牠知道必須下潛了。深吸一口氣後，倒頭栽入。尾鰭像巨大的信天翁羽翼，半空中擺高，再重重拍擊水面，發出巨響。然後，身子悠緩而近乎垂直，順利地滑入海裡。

牠更像一架油料耗盡的飛行機，下潛未多久，立即觸抵海床，安然著陸。揚起一陣沙塵後，寂然不動。泥沙慢慢跌落、沉澱。水清了，海床上遂出現一隻茗荷介滿身、瘤狀起伏、斑駁瘡痍的軀體。一艘破舊斑駁的百年沉船，橫躺在那兒已經好幾世紀，大概就是這副形容。

一個水泡自噴氣孔緩緩浮出。

牠一直相信，當時，白牙一定是體力放盡，老了，累了，才會躺在河口。不然就是在河裡遭遇可怕的事情，否則依白牙的性格，絕不可能輕易地放棄上溯的機會。

怎麼通過河口呢？

從河口左岸的燈光亮度，以及各種船聲的傳來，河面上一定有不少船隻往返。接近河口時，牠必須一直保持潛航，非不得已絕不浮出水面換氣，才有可能通過河口。

河口相當寬長，牠能潛伏那麼久，不浮出水面？年輕時體力、鬥志都好，或許可以吧！

當年和白牙來時，哪有船聲？河口只有三兩零星的燈火，牠們像兩根巨大的枕木大剌剌地漂浮而過，根本未遇到任何阻礙。

噴氣孔又一串水泡冒出，像已成形的想法，滾滾浮升。

做了決定後，赫連麼麼再次嘩然露出水面，朝河口接近。遠在右岸的燈火照射到之前，慢慢下潛，沒入河口。下潛時，未再貼著海床，只保持穩定的深度。牠開始放鬆身子，不再擺動胸鰭和尾鰭，反而學著像一尾小魚苗，縱入潮流之中。靜靜地讓自己隨潮水漂浮，朝河內的方向運送。牠明白，若是純粹靠自己的肺活量，絕無可能通過，除非靠漲潮的推送。牠也機伶地將胸鰭儘量攤開，橫陳著，借助胸鰭的節瘤減少水的阻力。

果然，牠的判斷相當準確。如是保持姿勢，既不必費力，同時也節省了通過河口的時間。除了因為久未揮動尾鰭與胸鰭，身子略感麻痺，牠感受不出有何不妥。赫連麼麼為自己還能有如此敏銳的判斷感到沾沾自喜。背鰭上方陸續有船隻不斷航行而過，發出巨大的鍋爐轉動聲。以前每回聽到這種怪異聲音，不論遠近，牠就神經質地緊繃自己。這一回，牠似乎獲得某種意義的勝利，完全不在意它們的存在。

現在，牠是一片雲，悠哉地快速飄浮。大概少有鯨魚能夠享受如此的航行快感。牠不禁愉快地閉目徜徉。

繼續航行。時間已超過二十分鐘，牠們這一族通常每隔十五到二十分鐘浮出水面換氣一次，而牠仍未有不適的感覺。同時，牠清楚地感受到波浪不再劇烈運動，水深愈來愈淺，鹽度與氣味都混含有濃厚的陸地雜質。這些自然環境的變化如今對牠而言，也都是可以忍耐的芝麻小事。

現在，牠只剩一樁重要的事擺在眼前，除了進入大地的河流，進入河裡的沼澤區的封閉環境，沒有什麼東西足以引起牠的興趣。

河流。沼澤。封閉。是的，全然清淨的封閉！讓牠擺脫一種複雜、沉重的海洋生活壓力。

這回進入河裡，牠覺得心理上卸下許多生活的負擔。河不再是可怕的地方，牠正進入一個可以看到過去自己在海洋的位置。牠可以毫無旁騖、無所掛礙的去完成擱淺的心願。

現在，牠是平靜的、滿足的……

突然間，牠覺得背部猛然被某種堅硬的東西撞到，強力地絆住自己，讓牠頓時失去平衡。牠悚然一驚。急忙揮動胸鰭，搖尾扭腰，設法掙脫。牠順勢往旁瞧個究竟，是一座浮標的鐵鍊。赫連麼麼鬆了一口氣，輕易地就擺脫鐵鍊的糾葛。不過，牠的漂浮計畫因此失去了方寸。適才的掙扎，又放盡了力氣，讓牠不得不冒險浮出水面。

一露身，先搶著猛力吸一口氣，再觀察周遭。牠機警地只露出頭，接近垂直的姿勢挺立著。

水面上大霧四起，白茫茫的霧氣籠罩而下，看不清周圍的動靜。牠頓時覺得不對勁，趕忙要下潛，身旁立即傳來轟隆的船聲。一艘船正朝牠的方向駛來，要下潛已來不及。在這短短的一剎間，牠急忙往旁一閃，避開船頭迎面而來的撞擊。不過，尾鰭仍硬是遭到船身擦撞，撞得搖搖晃晃。連帶地，滿眼金星，海水和天空混在一塊兒。幸好，牠趕緊本能地往下潛，潛入水底，緊貼著水底，靜靜地連水泡都不敢吐出。

船的引擎聲停了。赫連麼麼隱隱感覺船就在自己的頭頂，船燈在河面閃晃、探照。牠覺得自己如一隻被翻了身的烏龜，久久不敢露出頭；而尾鰭遭這一撞擊，像斷了尾的蜥蜴，入河的勇氣都給撞走了。上回也是尾鰭抽筋才差點命喪沼澤。

還好，那艘船未停多久即離去。三兩個氣泡自噴氣孔浮升，赫連麼麼似乎又有了新的想法。

4

小和醒來時，營火仍熊熊地燃燒著。他翻看手錶，還不到凌晨。披上夾克，走出營帳。

阿公正坐在營火前，好像整晚都未睡，側影如一隻駝著背脊守在水畔的夜鷺。

小和在阿公對面坐下來。

「喝一杯奶茶。要小心拿，很燙。」阿公指著掛在火堆鐵架上的茶壺。他正用小刀刻一塊木頭。

「怎麼又是這個！」聽到奶茶，小和不禁皺起眉頭。他睡意朦朧地從自己的背袋中拿出鋼杯。取茶壺倒奶茶時，差點燙著，這才想到阿公的提醒。喝過奶茶後，精神始恢復。

他仰望天空，星星的數量變得更多，更加明亮了。昨天黃昏才和阿公抵達這個離城市不遠的沼澤。

營地四周生長著茂密的樹木，構樹、血桐、黃槿和榕樹，以及竹林。

小和凝視著，發現這些樹比白晝時看來更加高大，而且充滿神祕感。他隱隱覺得，自天黑以後，這些在火光中黑影幢幢的樹林後，一定有某些東西在窺視著他們。

「你剛才有沒有聽到一種奇怪的叫聲？」

「夜晚這裡總是很熱鬧的。」阿公專注地凝視著木頭，一隻老鼠的模型。

「有一點像是火車頭在拉汽笛，發出來的叫聲。」

「喔，有可能，冬天的沼澤有很多動物跑來，怪聲當然特別多。」阿公把木頭平擺膝間，繼續雕刻。

「我們什麼時候回家？」小和緊抱著自己似乎仍覺得冷。

「我們不是講好後天嗎？」

「剛剛那聲音非常大。」小和無聊地又朝林子望去。

「也許是林子裡有貓頭鷹。」

「不，我聽得很清楚，從河那邊傳來的聲音。」小和手指向右邊，剛才就是那叫聲把他驚醒。

阿公抬頭瞧，笑了起來，又埋頭工作，「河在左邊，兩百公尺外。」

小和有點不高興，他覺得自己沒有聽錯。

過了一會兒，他又提出問題，「我剛剛醒來時，還聽到青蛙的叫聲。」

「現在不應該是青蛙活動的時節。」

營火經過阿公的撥弄，又劈里啪啦地燃旺。

前幾個月，在家裡時，小和就看到阿公的書桌擺放了這塊木頭。平常，阿公的書桌只堆放著研究報告，很少有其他東西。小和當時就感到奇怪，還問阿公這木頭要做什麼？阿公說在學一種外國的釣魚方法，改天要到沼澤使用。

小和突然想起這件事。可是，他已對此事毫無興趣。小和試著找事做。他想起外套口袋裡父親買給他的新口琴，乾脆取出來練習。才吹奏出聲，阿公抬頭說話了。

「再吹會把整個沼澤都吵醒。」

阿公的話講得很輕、很溫和，並沒有責備之意，小和卻不情願地把口琴收回去。

往昔在野外做田野調查時，學生們如果有攜帶吉他之類的音樂器具，阿公都會很不高興地把他們訓斥一番。他認為要聽音樂，最好是放一張古典唱片，在家裡靜靜地享受，才能聽出味道。跑到荒郊野外來彈吉他唱歌，實在是荒誕不經。

在野外，一切就是要按照大自然的規矩。所以，他的野外生活就是簡單、樸實，一切按部就班。數十年來在野外的歷練，讓他理出一些獨特的習慣。譬如，喝奶茶是生活最大的享受。無法煮飯時就吃軍用口糧，或者巧克力。而且，永遠在日落後不久即睡覺。

但今天是例外，他未躺多久就起身，因為這還是頭一次由對手主動提出要比賽。過去都是由他主動邀請的。他始終有種奇怪的感覺，今天這場釣魚比賽，這位十幾年來的對手似乎特別有備而來。

小和又倒了杯奶茶，放在一旁發呆。接著，他想到口袋裡的巧克力，於是取出來吃。

阿公瞧著小和吃巧克力，突然覺得肚子有點餓了。他也發現小和手上的巧克力包裝得十分精緻。但他發出清楚而乾硬的咳嗽聲，提醒自己不能吃太多這種高熱量的甜食。

小和聞聲，抬頭瞧。

阿公端詳木刻老鼠許久，放到鼻尖嗅聞，「味道很接近了。」

然後，他挺腰站起身打呵欠，差點扭到腰，勉強再撐起，一時間四肢麻木，竟無法走動。他轉而看錶，喃喃自語，「時候應該到了！」

「我們要去小島嗎？」

「嗯。該帶的東西都要拿去，我們或許會捕到一些魚苗。」

划船到小島去，總比在這裡有趣，這也是小和想跟阿公來的目的。小和興奮地跑回營帳，戴上運動帽。本來想穿新買的球鞋，後來又改變主意，按阿公先前的意思換穿長筒雨鞋。不一會兒工夫，他就背上小背包，一切就緒，站在阿公面前待命。

阿公用手電筒上下照了他全身一遍，搖頭苦笑，並沒有立即出發的意思。

小和愣了一下，搔搔頭，又跑回營帳，取出頭燈套在運動帽上。

阿公提水將營火澆熄。

5

一隻在夜裡落單的海鷗又發現水面冒出漩渦的水泡網了。

牠在上空盤飛一陣，禁不住誘惑，貿然停落水面。一對炯炯發亮的眼睛緊盯著兩邊的水面，準備隨著河潮起伏，突襲被水泡網驚嚇的水中生物。一團大黑影漂出，最初牠還誤以為是空中飄抵的烏雲。等察覺不對勁時，轟然一聲，雪白的浪花與泡沫自四周飛濺。

這隻海鷗慌措飛起，嘰哩呱啦地對水面聒叫。原先平靜的水面，一頭濕淋淋的黑色巨怪赫然浮現。終於看到期待中會帶來許多食物的大鯨。牠繼續繞空鳴叫，聲音更加尖銳、高昂。

赫連麼麼小心翼翼地觀察兩岸，順勢噴出水氣柱。以前，在海中，每回浮出水面時，看到空中有海鷗或賊鷗，牠都會故意開個玩笑，製造水泡網。在出水那一剎那，拍鰭、翻躍、騰空而上，和海鳥群嬉戲。適才牠也萌起這種意圖，但最後一瞬間，一個疑慮襲上心頭，好像在這個時間和地點還玩這種遊戲非常不恰當，臨時乃放棄了這個想法。

牠緩緩上溯。

那隻海鷗在噴氣孔旁邊停降下來，快樂地啄食鯨背上的茗荷介，以及其他小生物。牠比先前其他的海鷗幸運多了，赫連麼麼想。海鷗們真厲害，到那兒都碰得到。赫連麼麼感到十分高興。頓時有種遇見老朋友的快樂。

「有沒有遇見我的族群？」

「吃飽後你要去哪裡？」

「想不想跟我一起上溯呢？」

赫連麼麼連珠炮般地問了幾個問題。海鷗餓瘋了，忙著覓食，沒時間回答。

大河的左岸覆滿一片濃密的綠色樹林。

不知道是記憶差，還是視野不對。今年這座樹林似乎比往昔更加濃密，河岸幾乎都被它們所掩蓋，赫連麼麼從未在北方的海岸見過這種植物。但是，在南方沿海岸旅行時，牠偶爾會遇見這種樹。如細長鰻魚的綠色果實，一枚枚地在水面漂浮。想及此，真有一種熱帶的氣息，從左岸的方向隱隱傳來。

這種心理上的陌生氣息，加上河口附近的水表面滲雜了濃重的機油味，鹽度又稀薄，赫連麼麼一時間相當不適應。略略向右岸游近。右岸矗立的那座山並不高，卻自有一種孤立而突出的光景，和對岸內陸一點的高大山巒遙遙相對，變成很適中的地標。赫連麼麼這一族也喜歡沿海岸進行南來北往的遷徙。遠遠的海岸邊的山巒，常常是識別遷徙方位的重要地標。

跟我們一樣擁有堅強的背脊，
遠山是我們的朋友。

牠憶起白牙最後一次歌吟的內容。

「能夠跟山一起並躺也是很大的幸福吧！」

牠也在心裡默默地吟誦。早年牠絕對不會有這種想法，連旁邊有山都毫無感覺。

牠隨即發現，山腳有一棟比自己龐大的灰色方形物體，上有四五根黑色的大管子冒著濃煙，把西面的天空塗染得像要落雨前的烏雲般翻騰。隱約間，牠還聽到灰色物體傳來類似大船的渦輪聲，活像一隻躲在洞穴裡不懷好意的大龍蝦，微微揚舞著巨螯與觸鬚，彷若在等待獵物上門。

那隻海鷗仍渾然忘我地在赫連麼麼的頭背上踱步啄食，絲毫未察覺赫連麼麼已停頓許久。

「真是奇怪的生命體，旁邊的遠山不知如何與其對話。」牠直覺，灰色物體天生就有一種對外在世界強烈侵犯的性格，像大船一樣，難以接近。

赫連麼麼再次擺尾，繞圈迴游。胸鰭數度高舉。那隻海鷗似乎預感到鯨魚要改變動作了，牠也差不多吃飽了，肚腹有點鼓脹。赫連麼麼正慢慢下潛，海鷗在赫連麼麼沒入時吃力地飛起。

赫連麼麼保持族群慣有的游水姿勢，無聲潛航，許久擺尾、扭腰一回。不過，牠非常謹慎，不敢隨便揮動胸鰭。大部分時間，慢慢向前，像一顆宇宙間永遠死寂的小星球，沿著固定的軌道無聲地運轉，背鰭偶爾才微露水面。

那隻海鷗已不知去向，剩下赫連麼麼在黑夜裡，繼續孤獨地上溯。

有些族群應該抵達北方了。然後，一起在那兒忙碌地展開圍捕磷蝦的覓食活動。然後，建立族群的領域。然後，遊戲……，牠想。

赫連麼麼可是一點也不後悔。月光又自雲端慢慢露出，茗荷介侵蝕得滿目瘡痍的背脊再次有光暈斜照。樹林和灰色物體都遠落在尾端。兩岸無半點燈火，牠又忍不住全然浮出水面，安心地徜徉著，慢慢地泅泳，抬起胸鰭打高，緩緩輕拍水面。牠已逐漸習慣了河水的怪異氣味。噴出了小小的水氣柱，表示還能接受河水的意思。

打從一開始，牠就決定要從容、優雅地做這件事。愈往上溯，溪水愈暖和。好久未感受這種暖意，讓牠想起了大洋中的熱帶海域，童年時長大的藍色海洋。

6

溫暖的熱帶海域是冬天的繁殖場。赫連麼麼這一族的幼鯨都在那裡出生。想起童年，牠高興地連連揮動胸鰭，用力拍撲了好幾次水面。

赫連麼麼從出生吸取到第一口空氣開始，便緊跟於母親米德的身旁。牠永遠記得小時候與母親在一起的生活。那是最快樂的時光，就像其他幼鯨一樣，牠往往頑皮地游到米德頭上，要求米德反轉牠，腹部朝海面。用雙鰭高舉，撫拍牠，讓牠哼哼哈哈地泅泳、嬉戲一整天。玩累了，更執意趴在米德背上，四處巡航。

赫連麼麼成長得十分快速，幾乎每天都在增長。第一次，隨米德回到北方的採食場時，身長已接近米德的一半，而且愈來愈圓胖，比同年的幼鯨都肥。

那也是赫連麼麼第一次看見河。

牠們在雪融時抵達北極海域，進入一處荒涼的大海灣，海灣四周都是漂浮的冰山。那兒被稱做冰山海灣，是牠們族群的主要採食場。

抵達採食場後，牠們母子並未鎮日和其他鯨魚一起捕食磷蝦。米德帶著赫連麼麼繼續深入海灣。

「這是什麼地方？」赫連麼麼望著遠方，一片橙黃而枯褐，還覆有殘雪的土地，一道奔騰的洪水從中間的缺口流出。

「河的起點，我們現在在河口。」

「河口？」

「對，這裡也是海洋的終點。」

河口有河上游冰雪融化後流下來的豐沛食物，牠們不用到處捕食磷蝦。

「在這裡長住，應該也不錯吧？」

「這裡是讓年老鯨魚覓食的地方。年輕的鯨魚應該游到更深的海洋，不然會遭到恥笑。」

「河裡面呢？」

「那裡不是鯨魚的世界。」

母親不但禁止牠上溯。牠還聽說，許多鯨魚溯河而上，就未再回來。直到自己和白牙上溯後，牠才有了不同的感覺，一種很奇怪而莫名的情感。

7

阿公常來這個沼澤做魚類調查，在灌叢堆兩邊林立的小路上，他不用手電筒照路，依舊如履平地般地前進。他也不時回頭看小和。小和緊跟在後，三兩步就踩到窪坑，跌跌撞撞，黑夜中只見小和的頭燈如螢火蟲上下飛舞。

當初未將營地設在小島，因為那兒的地面太潮濕了。阿公選擇在廢耕的旱田搭蓋。小艇錨泊的地方離營地並不遠，繞過一條竹林的小路就到了。阿公卻帶他繞道走到另一條小路上。

不遠的草叢上亮著一盞燈火。接近時，燈火周遭慢慢出現一個巨大黑影。原來，那燈火是從一輛被塗滿迷彩的貨櫃屋裡照射出來。

「我們來這兒做什麼？」小和有點失望。

「我有一位老同學住在這兒。」

「我們不去小島了？」

「應該會去的。」

想到今晚的比賽，阿公不禁伸手摸口袋裡的木刻老鼠，確定它仍在那兒。

他們走到貨櫃屋前。裡面燈火通明，一個老頭正教一群年輕人工作。其中一人從籠裡捉出一隻長嘴的小鳥，套上腳環，另一個人拿尺測量牠的羽翼。

小和再往貨櫃屋裡頭瞧，裡面有一隻瘸了腿的黑色小貓，慵懶地蹲臥在一堆書籍置放的角落。

「葉桑，今晚如何？」阿公向老頭打招呼。

被稱為葉桑的老頭似乎很忙，並未抬頭，只是舉手示意。

「阿公，這些鳥套了鐵圈會不會很難受？」小和問。

「那不是鐵做的。」阿公說。

葉桑似乎這時才注意到小和的存在。他提著瓦斯燈，把戴著老花眼鏡、一撮山羊鬍的大臉湊過來，仔細瞧了小和。

小和畏怯地微微退後。

葉桑的年紀看來比阿公年輕許多。至少，目光炯炯發亮，活像隻雙眼機伶轉動的貓頭鷹。不像阿公那一對黃褐無神的眼睛，老是剛睡醒的樣子。

「那是特製的鉛環，不會影響飛行。」葉桑向小和解釋道。

「我們不是鳥怎麼知道呢？」

「小和，不懂不要亂講話。」阿公摸小和的頭。

小和不高興地推開。

「你大概是第一次來吧？」葉桑繼續追問。

「唉，沒耐性，一直吵著要回家。」阿公在旁苦笑。

小和低頭不吭聲，有點生阿公的氣了。

「孫子？」

「嗯！」

「真羨慕你，兒孫滿堂。」葉桑略略感慨地說。

「還不是一樣，永遠一個人。」阿公笑咪咪地答道。

換葉桑摸小和的頭了。

小和想躲掉，卻不好拒絕。

「來，小和，葉阿公送你一個東西。」

葉桑隨即從口袋裡掏出一枚徽章，脫下小和的運動帽，隨手別上。小和細瞧，上面寫了幾個蚊子般細小的字「沼澤是大地之母」。小和覺得圖案設計得非常難看，他在家裡蒐集的至少有一百個比這個漂亮。

葉桑站起身，清了清喉嚨，對阿公低沉而又嚴肅地說，「今晚非常不尋常，我們捉到一隻磯鷸，三年前在這裡網獲，套過腳環的。」

「其他水鳥難道沒有類似的情形？」

「目前記錄的都是個別的行為，很少整體發現。」

阿公點頭，沉思。他知道，葉桑誇大的老毛病又來了。

葉桑興奮地說，「你知道嗎？海岸線這麼長，河口又這麼大，牠們為何要個別回到這麼小的一塊沼澤地呢？這個現象真有意思。」

「嗯。」阿公清楚魚類的洄游，或鳥類的遷徙都是群體性的，葉桑的調查一直讓他半信半疑。

看到阿公狐疑的眼神，葉桑掉頭又走進貨櫃屋裡。

「今晚比賽的事忘了嗎？」阿公急忙說道。

「我怎麼會忘記？」

「在哪裡比賽？」阿公緊張地問，因為這回換葉桑選地點。

「小島如何？」

「也好，我順便去收魚籠。」阿公早已料到。現在除了那裡，可以遠離人群，實在也找不到更恰當的地點。但在口氣上，他故意裝作不很喜歡。

看到阿公面有難色的表情，葉桑不禁得意起來。

「這次你帶了什麼？」葉桑似乎對釣餌比較有興趣。

阿公不疾不徐地從口袋掏出那隻木刻老鼠。

葉桑走回來，用頭燈照射，端詳了一會兒，取到鼻尖嗅聞，「味道雖然不錯，但田鼠的更濃。」

阿公從葉桑手上迅速取回，不讓他多看。

葉桑也從腰包裡取出一個精巧的小盒子，打開來，裡面是一隻鵝黃色的木頭小鴨。它刻繪得栩栩如生，連絨毛彷彿都在隱隱飄動。

貨櫃屋裡，其他人都集聚過來圍觀在葉桑身旁，對木刻小鴨讚賞不絕。

「我在水面試放過一回，野鴨都把它當成同類。」葉桑洋洋得意地說，「我花了近一個月才完成。」

阿公滿臉不屑，「你這隻鴨子只會吸引白蟻到來的。」

「總比連白蟻都不來的木頭好吧？」葉桑一邊調侃，一邊開懷大笑。

「你的方法一直缺少理論證明。」阿公有點臉紅脖子粗。

小和趁他們鬥嘴時，走到外面。他取出口琴。

8

灰濛濛的水面，一頭雌鯨伴護著幼鯨泅泳而過。赫連麼麼高興地向前游去。未料，差點撞上一道矗立在前的物體，牠還以為是岩壁。定神一看，竟是一頭壯碩的雄鯨，下額與頭上的茗荷介閃閃發亮。牠尚未見過如此氣勢凌人的雄鯨。

來者是這對母子的護衛鯨，還未鑑別，立即認定赫連麼麼是侵入者，早就擺好作戰的準備。牠也不像其他護衛鯨先吹氣泡，做出水泡網恐嚇，或者如燈籠魚般膨脹胸部。這頭護衛鯨直接就要和赫連麼麼對陣，做衝撞，一決勝負。

赫連麼麼體型並不比對手小，卻有點怯場，何況心理並未有準備。但牠還是勉強鼓起勇氣，迅速繞個圈，回過頭，對準這頭護衛鯨。

遠看時護衛鯨的身體因茗荷介過多，近乎灰白，如一團濃厚的雲層。赫連麼麼按往例小心地保持距離，仔細觀察。護衛鯨早已在那兒等候多時，一看赫連麼麼仍在躑躅，按捺不住，轉而先發動攻擊。

赫連麼麼從未見過如此急躁的鯨魚，趕緊閃到一旁。護衛鯨未料到攻擊會落空，生氣地轉過頭後，不斷吐氣泡，形成巨大的水泡網。牠在責怪赫連麼麼不遵守規矩。

這頭護衛鯨的確有權埋怨，因為赫連麼麼並未遵守打鬥的規定。兩頭鯨魚對陣之後，無論如何，都不能臨陣退場或避開。赫連麼麼剛才的行徑是非常不禮貌的動作，而且，對一隻雄鯨本身而言是十分丟臉的事。

是牠！赫連麼麼終於認出牠。就是那頭尾鰭特別灰白、利若尖刺的鯨魚。上一回，赫連麼麼的背就是被牠所劃傷，疤痕一直留在背上。兩三年未見，這頭護衛鯨顯然又壯碩許多。

想到背部的傷，一股怒氣全上心頭。現在，赫連麼麼浮在那兒像一艘整裝待命的戰艦。

護衛鯨似乎也記得赫連麼麼了，而且，牠發現，閃躲後的赫連麼麼似乎燃起一股戰鬥的慾望，但這也激發牠更大的鬥志。

終於，牠們像一對雄鹿在草原競技，向對方衝過去，彼此以尖利的犄角對撞後，頭額之間發出了慘烈的喀吱聲。牠們以額頭碰撞時，一併傳出茗荷介激烈摩擦、連續斷裂的巨大刺耳聲。

在和其他鯨魚的打鬥裡，赫連麼麼頭一回在對撞之後有著全身劇烈震動、不知身處何地的暈眩感。牠的眼角與額頭都溢出鮮血，身子像軟木栓無力地隨水漂浮了一陣。

等牠勉強恢復意識，再找到護衛鯨的位置時，對方似乎已經等了許久。赫連麼麼也不管那麼多，一鼓作氣，扭腰擺尾，模模糊糊地就往護衛鯨的方向再度衝過去，一條如彩帶的血絲也自其尾後流出。

這一次，互撞之後，牠們不由自主地被相互的衝力推出，全身近乎一半都躍出水面，再各自向後仰倒，轟然激濺出巨大的水浪。

競技至此全部結束，勝負也告分曉。赫連麼麼浮出水面透氣，再深潛入海。

打鬥的目的是求得對手的退讓，接著是，雌鯨的認同。赫連麼麼不僅未找到護衛鯨，也沒有再看到雌鯨或幼鯨。

這回牠的額頭傷口更大了，血流使右眼幾乎看不清，左眼上方也腫若小山丘，疼痛萬分。

牠又被打敗了嗎？赫連麼麼裝作若無其事地浮出海面，使盡吃奶之力，努力地噴氣、拍水。

從這次以後，牠才知道這頭鯨魚就是白牙。

9

嘴角下顎又隱隱作痛。

赫連麼麼知道一定是附著在身上的那些白色小怪物又在蠕動。赫連麼麼稱呼的白色小怪物就是茗荷介。茗荷介依附在鯨魚身上生存，隨著鯨魚一起成長到一個階段，每每讓鯨魚有種類似蛀牙的周期性疼痛。

決定溯河，向西航行後，這種疼痛愈來愈嚴重，還夾雜著一種墜入深淵的窒息感。赫連麼麼渾身就這麼給牽動地相當不舒服。

反正就要溯河了，牠也顧不得禮教。尾鰭擺高，一頭即栽入河床下，磨個痛快。可是，河床下都是汙泥，缺少石頭。牠沾了滿頭汙泥，差點連噴氣孔都堵塞，趕忙再衝出河面透氣。

茗荷介不僅定期發作。鯨魚年紀愈大，茗荷介活動得也愈頻繁。如果是在額頭發癢，聰明的鯨魚只要選好地點，浮出水面，等待海鷗或其他海鳥，飛降在自己的背上，讓牠們興奮地啄食，飽餐一頓。這種功效就像小鳥幫鱷魚剔牙一樣有用，是一種享受。

但茗荷介若在嘴角下顎活動，情況就非如此樂觀。那會變成一種折磨，一種抑鬱。牠只能游到海床，像鴕鳥埋頭、海鯰鑽泥，不斷地將頭胡亂地與海沙摩擦，藉以消除痛苦。

「這些鬼靈精一定知道我的意圖。」牠略帶嘲謔地苦笑。

這些茗荷介也好像永遠啄食不完、磨蝕不掉。過一陣子，又會再大量出現，順著水勢，拓散成一整塊，或一整排硬甲般的殼堆。在新陳代謝下，死去的也留下空殼，活著的繼續在空殼上增加新殼，開拓新領域，瘤一樣增殖。愈積壓，鯨背愈崚嶒。年紀愈大者，模樣愈是嚇人。赫連麼麼始終認為自己一定有一副可怕的形容。

茗荷介附著於鯨魚的生活，赫連麼麼認為是最殘忍而無奈的事。它讓你無從質疑、無從憎恨，好像認定天生就是需要吃這種苦直到老死才是生活。茗荷介也在出生時隨著一頭鯨魚的成長而增加。牠老去，死了，屍骨不在，那些茗荷介才無法依存。所謂鯨亡，茗荷介才亡，確乎此也！

赫連麼麼的嘴角下，最厚的部分高達三四公分，占據不小的面積。凹凸不平的茗荷介像鋸齒般堅硬、銳利，不僅成為額外的防身盔甲，更是攻擊的利器。可是，赫連麼麼年紀已大，茗荷介也跟著退化，像隨時會鬆動、脫落的牙齒。

茗荷介愈多，疼痛愈大。但為了求偶期爭鬥的成功，雄鯨們多半願意承受這種折磨。年輕時，為了使茗荷介增多，許多雄鯨平常即沉潛不動，如水母般半浮在固定深度的水中，藉以增加茗荷介的附著。很少雄鯨會不顧一切，鑽到海底摩擦。這種動作既不優雅，也常被譏為自殘、不尊重自己的敗德表現。身上有許多尖利的茗荷介是雄鯨成熟的標誌。

赫連麼麼為自己剛才鑽到河床的行為啞然失笑。但牠也不是那麼信奉水母式的訓練法，非要許多茗荷介不可。

至少對牠而言，有時牠並非一定要當護衛鯨。牠只是不服氣，自己每天都很認真地訓練，比其他鯨魚花更多的時間，可是打鬥的成績並沒有因此比其他鯨魚突出，仍是輸多贏少。這使牠愈來愈氣餒，牠難過的也不是被打敗了，而是努力之後仍有這種不成正比的結果。

10

阿公只給葉桑五分鐘，讓他交代事情。

十分鐘過去了，葉桑仍專注地和其他人集聚在地圖前討論著事情。葉桑正在進行一項拯救沼澤的活動，呼籲政府儘快將這個區域劃為自然保護區。

阿公臉色微變。葉桑應該知道他的脾氣，但他似乎忙忘了。平時若是這種情形，阿公早就一走了之，但想到要比賽，他只好強忍住，無聊地觀看起葉桑的貨櫃屋。

一臺破舊的小冰箱、汽化爐、瓦斯桶、行軍床……，牆壁上貼著一位著名女靈長類學家和黑猩猩在非洲生活的海報，以及許多這個沼澤地區的地圖。

雖然樸素，但過於隨便，沒有品味，這是阿公對葉桑居住地方的感想。他比較欣賞的只有窗口旁，那一架灰銅色、復古式、有著小喇叭的轉盤唱機。那似乎也是整個貨櫃屋裡唯一代表著有某種精神生活意義的東西。阿公趨前細看，唱機上積滿了灰垢。

瘸腿的小貓從他腳下蹭過，想要跟他打交道。

眼前擺設的這些東西，跟十年前他初訪葉桑時差不多。十年前，為了保護這塊沼澤的方式，他們曾有一番爭辯。當時，葉桑正在進行一樁鳥類調查，一邊卻看到這裡變成廢土傾倒地，春秋季時，獵人也不斷來這裡捕殺鳥類，他的計畫嚴重受阻。

葉桑就是在那時憤而放棄研究，轉而買了這個貨櫃屋，在此購地定居。他一邊在報刊發表文章，不停地呼籲拯救這塊沼澤。一邊也組織義工，巡邏沼澤區，取締獵人或告發亂倒廢土者。

當地人原本希望這塊沼澤能夠開發成都市計劃區。葉桑的行動無可避免地和當地人發生直接衝突。結果，雙方鬧成一團，不僅數度上過報紙，也對簿公堂好幾回了。

葉桑更未料到，這塊沼澤竟也因此變成全國著名的觀光區。例假日，他的貨櫃屋常成為遊客前來觀賞的目標。葉桑為此煩惱不已，他既想讓更多人知道沼澤的重要，卻又怕觀光客來破壞。

觀光客的湧現，正是阿公當初所擔心的，他害怕葉桑這樣激烈的保護方式在保育法尚未實施前，只會加速當地人對沼澤的破壞。

阿公後來將這個觀點發表於報紙，沒想到竟引來葉桑的不快。文章見報那天早晨，葉桑還遠從沼澤坐車殺到辦公室，和他大吵了一架。葉桑認為阿公是蓄意的，從學生時代，阿公就愛與他唱反調，突顯自己。

其實，說穿了，阿公最反對葉桑的事還不在拯救沼澤一事，而是做學問的態度。像葉桑這樣忙著環保活動，那有時間做好研究呢？

阿公對葉桑的做學問方式，向來很不以為然。他也發現，貨櫃屋裡只有零星的幾本書堆在牆角，都是跟繫放或鳥類有關，沒有其他種類。

不過，葉桑仍有年輕人般的無限衝勁，他倒是十分感佩。有時，他也懷疑，若不是葉桑主動來邀請比賽，自己不可能有如此大的能耐，耗費這麼多的時間在雕刻木頭上。比賽的事使他心境年輕許多。

小貓一拐一拐地走出去，在小和腳邊蹲下來。小和嚇了一跳。他向來很怕貓的爪子，縱使小貓看來瘦弱無力，他仍充滿戒心，過了許久，才克服這種恐懼。

阿公終於不耐煩地走出貨櫃屋透氣，小和看到阿公出來，怕受到叨念，急忙收起口琴。

「還有沒有剛才那種巧克力？」阿公又覺得肚子有點餓了。

「還有一條。」小和從口袋裡取出。

阿公正伸手要取。

「不行，阿嬤說過你不能吃甜的東西。」

「那是在家裡，現在是在野外。」阿公尷尬地苦笑。

醫生警告過，他的血糖過高，少吃甜食。

「還是一樣。」小和搖頭。

「怎麼現在也有長條形的巧克力？」阿公仍緊盯著巧克力。

「現在都是這樣啊！」

「這種是不是很甜？」

小和看阿公仍在追問，終究於心不忍，「我可以分一半給你，但是你明天就要還我。」

11

第三次遇見白牙的那一年冬季，赫連麼麼對成為護衛鯨一事，反感到達了極點。雖然對打鬥充滿厭倦，可是，牠又想不出排解的方式。鎮日渾渾噩噩地過日子，情緒陷入相當的低潮。

當時白牙早在牠身邊觀察了好一陣子，牠仍未察覺。終於，有一回，白牙游到牠面前，擋住去路。同時，在牠面前吐出大量水泡，故意講一些充滿挑釁的話，「怎麼啦？你看來好像是這個海域上最大塊的烏雲。」

赫連麼麼毫不理會白牙，逕自繞圈游走。

「鯨魚是快樂的族群。」白牙緊跟在後，企圖引赫連麼麼生氣，「我們一齊努力，製造水泡網，合捕磷蝦，也賣力唱歌、遊戲。」

然後，牠又屢屢擦撞赫連麼麼側腹，惡意笑道，「你一定不敢跟我再打鬥一次。」

一連數回後，赫連麼麼終於忍耐不住。大幅繞個圈，擺出打鬥的姿勢，遠遠地等待白牙衝過來。白牙看牠做好準備，高興地搶占一處順流的位置，發動攻勢。

牠急切地衝向赫連麼麼。可是，接近碰撞時，牠突然發現赫連麼麼一點反應也沒有，只是僵在原地，茫然地望著。一副空洞的眼神，望著牠，不，望著牠後面不知是什麼的東西，純然就是要挨打。眼看就要撞上，白牙急忙收勢……

12

橡皮艇在高大的蘆葦叢裡，沿著窄小的水道前進。他們用木槳慢慢划動，一來怕聲音太吵，驚動了沼澤的其他生物，二則河裡藤枝太多，容易絆住。

但偶爾仍有一些秧雞被他們驚醒，一邊發出倉皇的警戒叫聲，一邊遁入沼澤深處的隱祕角落。

「小和，聽到聲音沒有？」葉桑仍像初來沼澤的小孩，高興地叫道。

小和也十分興奮，畢竟很少有這種經驗。他正忘神地欣賞四周的景觀，毫未察覺任何動靜。好不容易才聽清楚，遠處的確有單音節短促尖銳的啼叫聲傳來。過一陣，類似的詭異聲音再度響起。

「領角鴞。沒想到冬天來到這裡也不安靜。」葉桑說話的口氣，好像遇見老朋友似的。

「這裡是沼澤，不是丘陵。」阿公在後面嘟囔。

「以前在沼澤我就記錄過不少。」葉桑反駁。

「說不定是蟾蜍。」

「牠們的聲音叫一次，我就永遠記得了。」

「太遠了。」

小和聽不懂他們的爭辯，也沒興趣聽。他無所事事地用手電筒掃描周遭的蘆葦以及河面。他發現不用手電筒，在星光照射下，反而看得更遠、更清楚。水平線遠方泛著白光那兒是他們住的城市。整個沼澤正處於靜謐的世界，只有划槳攪動的水聲，以及偶爾有水鳥被他們驚嚇到，飛出去的拍撲聲。

太安靜了，小和竟感覺有點冷。直到看見水面有大魚跳出，再撲通落水的身影，他用手電筒照射，「好大的魚！」

葉桑也用手電筒照射水面，端視許久，「那是豆仔魚。以前漲潮時水裡都是豆仔魚，經常好幾十條跳到船上來。」

「有一艘船沒有開燈。」小和指著河心上，一艘死寂又黑影幢幢的船。

「那是採砂船。現在不是採砂的季節，工人讓船錨泊在那兒隨水漂浮。」葉桑解釋，「天氣好時，我常划船去那兒野餐、賞月。小和以後也可以來玩。」

小和指著更遠的對岸一團黑影，「那邊還有一艘。」

葉桑轉頭注意到別的事情，「陳君，看來這條河的淤積也愈來愈嚴重了。」

阿公並未在聽，他正回味起剛才的巧克力。他覺得，現在的巧克力太滑膩，甜味又增加，比以前的難吃多了。

「你應該也來加入我們。」葉桑邊說邊注意到老友出神的樣子，這讓他想起學生時代相處的日子。

「老了。」阿公突然冒出這句話。

「從我認識以來你這個人就是缺少熱情。」

「熱情不是用講的……或者是，用你那種行動。」

橡皮艇慢慢划入河心。河面逐漸開闊。

「好舒服的天氣！陳君你還記不記得我們第一次比賽的日子。」葉桑說。

「嗯。你連魚線都忘了帶，還掉到溪裡。」

「我是說那天有點像今天的天氣。」

「不像吧！」阿公仍回答得漫不經心。十幾年前的事，他早都忘光了。他只記得，那一次用不到一個小時，他就釣到鱸鰻，輕易地擊敗葉桑了。

「今晚的夜色和那一晚上的很像。」葉桑沉吟道。

「好冷。」小和喊道。

「牠們應該來了。」阿公沒搭理小和，反而像是在對自己嘀咕。
「鰻苗？」葉桑問道。
「嗯！鰻苗應該到了。」
「天氣還沒那麼冷。太早了吧！」
「不會錯的。」

「阿公，你看那邊的草叢有亮光在閃。」小和叫道。
「螢火蟲。」阿公說。
「螢火蟲不是夏天才有嗎？」小和又問。
「誰說的？」
「課本寫的。」
「自然界總是會有許多例外的。螢火蟲就是一個例子，葉阿公以前在冬天的山裡也見過。」葉桑插嘴。
「螢火蟲有好幾十種。這種是水生的，現在是出現的尾聲了，和你說的不一樣。」阿公反駁。

蘆葦密密麻麻隱蓋的小島，似乎無靠泊之地。橡皮艇又鑽入蘆葦叢中，在一條狹窄的水道裡迂迴一陣，才抵達一處小小的空地。

他們就在那兒登岸，抵達一處隱祕的小河灣。小河灣正對著河口，阿公判斷是魚苗洄游或上溯的集聚地，黃昏時，就在那兒擺置了魚籠。

「裝滿水沒有？」阿公說。

「河水真髒。」小和望著透明的水袋細瞧。

「要收網了，幫我照明。」

阿公慢慢把魚網收回岸上，再放入水袋裡面。燈光照射下，許多近乎透明的小魚苗游出來，散布在水袋的每個角落。

「看來大部分是鰻線。」

「鰻線是什麼？」小魚苗細若游絲，小和不免好奇起來。

「鰻魚小時候，牠們出生後在海上漂流了半年才來到河口，現在是鰻線溯河回家的時節。」葉桑又在旁插嘴。

小和有時很討厭葉桑在旁嘮叨個不停。

「你如果撈起來看比較清楚。」葉桑又說話了。

小和有點不耐煩，「我可不可以這樣看就行。」

阿公用小杓子撈出一尾透明的小魚苗，在放大鏡下端視。「這就是鰻線，應該是白鰻。」他交給小和過目。鰻線長得像透明的冬粉，頭上有一對小黑點。

「小和，你知道為什麼鰻魚會在河流與海洋間辛苦地旅行嗎？牠們待在同一個地點不是很好嗎？」葉桑喋喋不休地問小和，然後，又自說自話，「那是因為每一種生物都有自己的生存策略，在低緯度地區，海洋的養分比河流貧乏，所以鰻魚在海裡出生，天敵也比較少，再到營養比較豐富的河裡長大。」

小和繼續在水袋裡尋找新鮮的東西。

「如果你細心尋找，說不定有不一樣的魚苗。」葉桑在旁鼓勵。

「葉桑有沒有看到滿意的地點呢？」阿公開始忙著測量水溫、水質……

「我看看。」葉桑站起來觀察四周。

葉桑一走，小和反而開始撈出魚苗檢查，再放回去。

「你要確定再撈，不要亂驚嚇魚苗。」阿公注意著葉桑的去向。

「這一尾絕對不一樣，尾巴比較黑。阿公，你快來看。」

「對，這一尾是鱸鰻。跟白鰻一樣，冬天時溯河回去。」

「這裡面還有不一樣的！」小和大嚷。

「你選定哪裡？」阿公看到葉桑走回來，好奇地問道。

「剛剛進來的水道如何？」

葉桑望著老友認真的眼神，頗覺得好笑。他根本不喜歡這種比賽，但每次看到老友一絲不苟的比賽態度，就讓他覺得從這種較勁中可以找到樂趣。從十幾年前第一次比賽開始，他就變得定時需要這種樂趣，發洩每天繁重的沼澤工作，輸贏對他反而不是那麼重要。

阿公點頭，「我們去放餌吧！」他心裡暗自得意，葉桑挑的又是他最喜歡的位置。

「小和，你在這裡待著，不要亂跑。」

「我也要去。」

「我們只是去剛才經過的地方放個餌而已，馬上就回來。阿公的漁具需要人看著。」

小和失望地蹲回水袋旁，朝他們離去的背影扮鬼臉。

13

赫連壓壓繼續潛泳，時而小心地浮出遠眺。天空越來越清澈，星星似乎因了寒冷而緊縮著，又遠又小。繁殖期雖然已過，牠卻有一股想唱歌的欲望。

赫連壓壓這一族天生擁有好歌喉。牠們的歌聲抑揚頓挫，吟唱內容變化多端，節奏感又十分準確。

牠們也喜歡彼此靜靜地相互欣賞。

別的動物卻不一定能明瞭那些歌的內容。牠們只能從旋律去感受，有時好像是大象的長嘯，但更高昂而持久。有時又像是低鳴，比山豬的咆哮低沉而清晰。有的則是一種不著邊際的輕吟，類似嬰兒的嬉戲聲。此外，也有一些像竹林一樣隨風搖曳，節節作響的斷裂聲音。

一道細小纖弱的水柱有氣無力地噴出。

赫連麼麼終究沒有開口吟唱，河流特有的狹窄仍讓牠比往常拘謹。

不過，眼前就剩一條路，牠一點也不急了。牠習慣性地做S形的潛泳。

每隔一陣，有一兩個水泡從灰濛濛的河水中緩緩浮升……

14

那一年，牠們抵達河口時，天上沒有半點星光。

「就是這裡。」白牙篤定地說。

赫連麼麼滿臉疑惑，望著白牙。

經過了數千浬的結伴旅行後，白牙發現赫連麼麼還是那種頹喪表情時，牠終於不禁厭煩。牠實在無法想像赫連麼麼這樣的性格如何在鯨魚的團體裡生活，又如何博得雌鯨的好感。

可是，牠也從未見過竟然有像赫連麼麼這樣的雄鯨，可以等在那兒，以一種毫不畏懼死亡的眼神茫然地看著牠。白牙覺得，赫連麼麼身上有種別的鯨魚所沒有的力量，就是那力量使赫連麼麼有勇氣浮著不動，等著別的鯨魚來攻擊。這或許是牠自己仍有興趣陪赫連麼麼一起泅泳的原因吧？白牙自忖。也因此，牠才能半騙半哄地把赫連麼麼帶到河口來。白牙認為，只有像赫連麼麼這樣對生活已無所謂的態度，才有可能陪牠溯河冒險。

白牙小時候就曾聽聞，這條河裡面有一個沼澤，生長有高大的草，鯨魚如果上岸，可以在這種草叢裡獲得充裕的休息。晒茗荷介，止癢，非常舒服，茗荷介卻不會有脫落之虞。當然，吸引牠來溯河的目的絕非這個小小的誘因，毋寧是一種對自我極限的挑戰，讓牠做了這個決定。

赫連麼麼則認為，白牙一直在尋找一個更大的自己。然而，這條河真的能提供答案嗎？很少鯨魚到過那裡的。

白牙彷彿已經聞到河岸飄來的草味。

「我們就在此觀察好了。」赫連麼麼並未如白牙那樣一廂情願的看法，面對從未接觸的大河，牠有點猶豫。

「我乾脆自己進去算了。」白牙故意生氣地說。

「可是，我們沒有半點經驗。」

「第一個完成溯河，發現這個沼澤的鯨魚，又哪裡來的經驗？你既不想打鬥，又覺得生活無聊。帶你來此，卻又害怕。你到底要什麼？」

「溯河只能證明你有勇氣，並不能說你就是對的。」赫連麼麼思索道。

「縱使錯了也值得。」白牙說。

赫連麼麼愣在原地，不知如何回答。

「我先進去了。」白牙一如打鬥的勇猛，說完就搖尾一走，故意不再理睬赫連麼麼，逕自朝大河游去。

赫連麼麼未料到白牙說做就做，根本來不及阻止。牠只好硬著頭皮，惶惶尾隨，完全在白牙的意料當中。

牠們緩緩地深入。

除了水質不一樣，赫連麼麼並未感到任何不適，牠只聽到自己的噴氣與泅水聲，什麼也沒有。牠的心情仍繃得很緊，有點後悔跟進來，但似乎已來不及，波濤洶湧的海水聲音在背後消失了。

「以前，一些老鯨魚上岸擱淺，跟溯河有什麼差別？」赫連麼麼藉著其他事打發自己的恐懼。

「那只是在海邊。牠們在完成一種已知的責任，我們是在做未知的事情。」

「實在看不出有何差別。」

「已知是死的，未知是活的。未知有一種主動的感覺，命運由自己操縱。」

「我以為你的興趣只是做一頭優秀的護衛鯨。」

白牙沒有答話。

「我們要上溯多遠？」

「不知道。可能會遇到一些狀況。」

「你是說危險？」

「我很後悔帶你來這裡。」白牙又故意生氣，牠發現自己高估了赫連麼麼的勇氣。

赫連麼麼不敢再多問。

直到白牙主動開口，「好暖和的河啊！」

「嗯，我想起童年了。」赫連麼麼還是不敢太鬆懈。

「豈只童年，這是一種夢想實現時的溫度。」

赫連麼麼嚇一跳，牠從未料到白牙會說出這麼蘊含哲理的話。

「前方有一座島。」

「到了，應該就是這裡。我們找到了！」

白牙興奮地喊叫，猛然深潛，再奮力鯨跳，整個身子幾乎躍出水面，轉身，重重地，以背跌回水面。

15

從大海的邊陲，
我將偷窺自己和世界互相追逐。

赫連麼麼還是忍不住吟唱了，牠唱的是白牙生前的創作。

繼續閉目養神，偶爾浮出水面換氣。整條河在此變得寬闊起來，像一座大湖，毫無漲退潮的感覺。牠依上回的記憶判斷，沼澤應該快到了。

等牠再次調整好心情，感覺適合出發時，河上更是滿天的星光。多麼溫暖的河流！牠真想一直浮在水面，高舉胸鰭，輕拍水面，無所事事地慢慢泅泳。

星光照射在光滑、烏亮的鯨背上，一小座一小座峭厲嶙峋的茗荷介露出光芒。牠又愉快地換了口氣，噴出長長的水柱。年輕的時候，牠可以噴到七八公尺高。現在能噴個四五公尺就已不錯了。茗荷介又在騷動，來到這新環境，牠們動得特別不安。

大概是知道要擱淺上岸？赫連麼麼不免自我嘲笑起來。

最後，牠突然又不忍心地潛入河床，製造滾滾的水泡，讓背上的茗荷介接觸最後一口水。

牠也做出最後一場自娛的遊戲：鯨跳。猛然向水面飛躍。衝出時，向後傾倒。在星光下，攤開寬長、潔白如鳥之羽翼的胸鰭，與灰亮的胸膛，瞬間挺立，只留尾鰭一點點在水面。同時，扭身，後翻，重重落回水中。

牠心裡默默喊道：

曾經擁抱海洋的胸鰭用來向河流致敬，
那是垂暮之年最大的榮耀。

落回水面時，河水轟然乍響。牠如鉛錘般往下沉，直到貼近河床。等牠再浮出水面，迎面而來的赫然是一座黑色而細長的跨河大怪物，以前來時並沒有。

可怕的事終於來了！那大怪物雖像石壁一樣沒有生命，但它下面沙泥淤積的情況十分嚴重。牠很懷疑自己肥胖的身體是否能夠通過。大怪物形成四五個拱門，每個拱門下都有一條水道。牠在大怪物下來回徘徊，始終找不到深度足以通過的水道。潮水即將消退，如果現在無法通過，牠勢必要退回河口。

難道就待在這兒擱淺待斃？回去吧！回到海洋最深的地方！牠發現心裡也有一個這樣的聲音正向自己召喚著。牠猶疑地慢慢朝河口回游，但想到白牙橫陳沙灘的景象，未幾又轉回頭，面對大怪物。

赫連麼麼還是決定自己只有一條路可以選擇，那就是冒險游過去。牠毫不考慮地對準一條較深的水道傾全身氣力衝過去。像一尾彈射過猛的飛魚，衝出水面後，仍想拍翅高飛，卻迅即跌回水裡。

身體在和沙石一陣劇烈的擦撞後，全身忽而在河之上，忽而在河之下。頓時間，牠昏迷了過去。最後，牠發現自己漂浮在大怪物之後的河水上，沼澤也隱然在望。

身子經過這一番猛烈擦撞，多處部位都疼痛起來。真的是老了！牠想。這次的冒險讓牠益發不敢輕視河流的變化。牠小心翼翼地往前泅泳而去。眼看目的地即將抵達，赫連麼麼終難掩抑興奮之情，玩心再次大發。噴沫、拍鰭，又製造出巨大的聲響，渾然忘記自己剛才的危險。像萬隻烏賊求偶期的騷動與互撞，牠所拍出來的水花，在月光中飛濺如銀白的流星群。

沼澤越來越近，赫連麼麼突然停住。眼前不遠的河心，又有一個黑色東西橫陳著。牠不敢再任意拍打河水。

赫連麼麼靜靜地辨識，觀察許久，終於認出是一艘船。奇怪的是，這艘船並未點燈，引擎也未發動，只靜靜地浮在河心。

這回或許是生命將盡，面對這個似乎熟悉卻又相隔那麼遠的物體，牠萌生了好奇心，轉而向它緩緩游去。牠從未如此接近過船。以前聽到船的聲音，早就避得遠遠的。牠先繞游一圈，謹慎地靠近，探尋這艘船擱淺的原因。原來，它泊靠在沙洲上，沙洲還未浮出水面。

牠繼續觀看，甚至用額頭去碰觸，試圖瞭解這種以前害怕接近的怪物。無法行動的船看來十分溫和，牠輕拍水花，以示友好，並且陪著這個從小就陌生的怪物，直到潮水明顯消退，沙洲浮露，這才轉向，慢慢朝沼澤游去。

16

不知過了多久，阿公和葉桑仍然沒回來。小和有點害怕，可又不敢隨便亂跑。他只敢將視線稍微移開水袋，遠望到河灣。

阿公教他看好水袋與幫浦，他看得都快打瞌睡了。不知道要做什麼才好。他想，早知如此就不應該答應跟阿公來這個沼澤地。短短的假期，自己應該跟同學們到別的地方玩。這裡什麼東西都沒有，只有惡臭與蚊蟲。他愈想愈後悔。明天清晨還是早一點離開這裡吧！

可是，他又多麼不希望開學！上學期末最後一天期末考時，那個一臉番薯相、眼睛瞇起來十分奸險、身材又肥胖的國文老師，清楚地看到他把考卷露給後面的同學偷看，卻又不動聲色。等他交卷時，才刻意地把他的考卷放到一旁。

他全身發冷，呆愣地坐回位置。

下課後，綽號便叫番薯的老師抱著考卷走出教室，他跟在後面，一直走到辦公室門口。

番薯早知道他跟在後頭，正待走入辦公室時，猛然回頭，劈口就責罵，「作弊還敢跟過來！」然後，趾高氣揚地走進去。留下小和傻傻地愣在走廊，差一點哭了出來。

如果永遠不開學多好！小和真害怕還要面對番薯。也不知會不會記過？說不定，番薯是在嚇唬他？或許，番薯下一學期就不會來了？……有點熱，他摘下帽子搧風，想要把徽章摘下。

唉！算了，他想，長噓一口氣，用頭燈到處照東西，藉以壯膽。慢慢地，除了風聲外，他也聽到一些較細微的聲音。水面偶爾仍有微小的撲通聲傳出。他用頭燈搜尋，是一些很像泥鰍，眼睛卻特別誇張凸露的魚，靜靜地趴著，偶爾在水面上跳動。

然後，他實在找不到事情做了。潮水正漸漸退去，裸露的泥沼地上，有許多只有單隻巨大白螯的小螃蟹從土洞裡跑出來覓食。這些小螃蟹將他的注意力吸引過去，他不懷好意地掏出一把玩具手槍。剛才阿公在，他不敢拿出來。這是前幾日偷偷買的。同學們都有，他當然也要有一把。他瞄準小螃蟹，一隻一隻地射擊，塑膠子彈將周遭的小螃蟹嚇得不敢爬出洞穴。

玩久了他又覺得無聊，打開頭燈亂照。照過一陣子，不知道該做什麼了，乾脆繼續看水袋裡的魚苗。頭燈前飛來一堆蚊子，不斷干擾他。那是沼澤常見的，像蜂群般飛舞的搖蚊。小和用手不斷揮趕，偏是嚇不走。未幾，一隻夜蛾飛來。他乾脆拿這隻飛蛾出氣，一掌將牠打落水袋裡。

夜蛾掉下去並沒有死，不斷地掙扎，努力地想爬出水袋。好不容易攀到一根水草，甫爬上去。小和仍不放過牠，再把水草取走，讓牠繼續在水袋裡掙扎。夜蛾似乎驚嚇過度，未掙扎多久便寂然不動。

又過一會兒，小和再照射水面時，竟然發現牠還努力地拍翅抖顫著，又開始試圖爬出水袋。小和清楚知道，如果他不伸手幫忙，這隻夜蛾絕無任何機會逃離水面。

小和終於不忍心，取了一根小樹枝放到夜蛾旁邊。

夜蛾緊緊攀住小樹枝時，整個身體繼續顫抖。

小和小心翼翼地把樹枝取出，放到地面上。

又過一陣，小和再照射時，樹枝上已空無一物。

這個結果讓小和如釋重負，好像完成一件天大的事，心頭湧上一陣莫名的喜悅。

高興之餘，他想起再練習口琴吧！

於是，馬上取出口琴，卻又不敢大聲吹，生怕如阿公所言，吵到沼澤的其他動物。

他刻意往低音階吹，吹一首最近剛學的。才吹不到幾秒，他忽然看到河裡遠方慢慢露出一團黑色東西，龐然地橫躺。

他嚇了一跳，原本以為是石頭。定神一看，沒錯，果然是隻動物，橫躺在那兒。

小和驚出一身冷汗。那是什麼動物呢？怎會躺在這兒？阿公從未告訴他這裡有這麼大的動物。

他被這黑色的東西莫名其妙地懾住，整個人僵在原地。只聽到四周有穿過蘆葦叢的沙沙聲，一道刺眼的燈光往他身上照來，他勉強睜眼，兩團高大的黑影緩緩走過來。

17

那一年上岸的準備比較謹慎。赫連麼麼和白牙一直在小島外圍徘徊、觀察，尋找最好的上岸地點。魚肚白的天色點染著幾片薄薄的、快速飄動的烏雲，枯竭的蘆葦叢在河風下沙沙作響，充滿肅殺的氣氛。

「我們游上去時，游得愈深入愈好，儘量不要露出身子。」

「什麼時候再游回去？」

「夜深漲潮時。」

「恐怕太久了。」

「所以要定時噴氣，保持潮濕。」

「如果我們無法撤退呢？」

「你想說什麼？」

「沒有。」

「這是生命中最偉大的時候。」白牙語氣略帶激動而興奮地大喊。

赫連麼麼極不喜歡白牙這種說話的語氣。

白牙繼續高興地說著，「在這裡，你看，多麼好，沒有交配、繁殖的打鬥壓力，我們可以騰出許多時間與精力，去完成其他事情。」

「這趟冒險是你的旅行，不是我的。」赫連麼麼默想，同時想到白牙打鬥時的急躁。

白牙又喊道，「我看到一處上岸的好地點了。」

「我們快點去吧！」事到臨頭，赫連麼麼反而迫切地想快點結束整個冒險。

白牙實在不明白赫連麼麼反反覆覆的心思，聽牠這麼說遂嚇了一跳。不過，白牙也再次感受到赫連麼麼那種毫不畏懼死亡的奇特力量。

18

趁夜色，赫連麼麼緩緩滑入夢寐以求的蘆葦叢裡，在鬆軟的泥灘上擱淺。身上濕漉漉的水氣迅速消散，龐然的冰冷自周遭襲上來，四周已失去水的浮力，只有腹部與尾鰭仍在河水的漲落中，略微感受到河水的存在。周遭的冷空氣迅速圍攏，但赫連麼麼並不覺得寒冷，反而對下面柔軟的泥灘充滿新鮮的感受。上一回太緊張，牠完全缺少這種思考的角度。牠靜靜地臥躺著，嗅聞著乾冷的空氣，緊緊盯住夜深的高大蘆葦叢，還有赫立在旁、高聳雲霄的山峰。

牠知道自己的生命已自海洋脫離，又來到另一個世界。

泥灘籠罩在漫漫的黑暗中，蕭颯、急促的河風不斷掠過蘆葦叢，還有整條河流的水聲，在空曠之中漫漫緩動，彷彿在演奏著一首沉悶的樂曲。

此外，就是牠自己沉重而濃濁的嘶嘶鼻息聲了。

渾黑的身軀在星光下發亮，如一顆大隕石。

枯竭的蘆葦叢在寒風中搖曳，牠嗅聞著陸地的味道，感覺一種完全沒有鹽與浪潮的時空。在這個完全與海洋阻隔的時空裡，生命的意義變得曖昧起來。牠好像回到了生命的最原點。那一年，牠和白牙來的時候就是這種心情吧？這種感受絕非駱加這類型的鯨魚所能體會。

想到此，赫連麼麼發覺，眼角竟有一滴淚流下。

19

這回向西前來半途，赫連麼麼邂逅了迷途的小雌鯨駱加。駱加陪牠旅行了在海洋裡的最後一段。

「你想前往哪裡？」駱加直覺，跟赫連麼麼在一起有種說不上來的毫無安全感，因為牠們愈來愈偏離北返的航向。

「我準備找一條河上溯，再上岸。」

聽完赫連麼麼篤定而乾脆的回答，駱加有些吃驚，但也因著知道了牠的意圖而安心不少。

赫連麼麼有點驕傲地又再複述一遍。

「你不打算出來了？」

「你看看我，一隻年輕時就溯過河回來的鯨魚。」

面對老態龍鍾、經常不知道在講什麼的赫連麼麼，駱加不知如何再啟口。

「不許用那種同情的眼神看我。我知道你在想什麼。」

駱加不吭聲，仍盯著這頭脾氣看來也不是很好的老鯨魚。

「時候已經到了，」赫連麼麼突然又冒出這一句話，接著，又感傷地說，「可是整個海洋仍然存在。」

話甫說完，赫連麼麼隨即用一種很睥睨的眼神看駱加，似乎駱加還很小、不懂世事的樣子。然後，又悠然地說，「想到馬上要溯河，我就有一種說不上來的愉悅。」

「如果每條鯨魚老了都有你這樣的想法，這個世界會變得很無趣。」

駱加說完，扭腰擺尾，潛得又深又遠。許久，再游回來，擺出一副自信而愉悅的形容，「我活得很快樂。」

赫連麼麼心裡想，「這就是問題的所在了。」

牠自己也向前潛游，未再和駱加說話。

赫連麼麼吐了一個巨大的氣泡。牠想，駱加正是那種善於唱歌、跳舞、遊戲，將來也會精於交配、採食、育幼的健康雌鯨。培養茗荷介、汲汲於戰鬥的自己，以前不是最常為牠們苦惱嗎？

駱加突然停止不動。

「怎麼不游了？」

「你聽！」

「什麼都沒有啊！」赫連麼麼搖首擺尾，緩緩地吐氣，仍是徜徉的模樣。

「有一群跟我們一樣的大型動物游過來了，速度比我們還快。」駱加緊張地大喊。

「我怎麼都沒聽到。」

赫連麼麼如水母般安然漂浮。

「趕快走吧！牠們已經朝這裡來了。」

「你會不會聽錯？」

駱加不理會赫連麼麼，逕自擺尾離去。

赫連麼麼跟在後頭吃力地追趕，卻怎麼也追不上。

駱加像一塊小烏雲在牠眼前輕快地飄浮。

好不容易追上時，牠卻發現駱加已停止前進。

「真奇怪，這麼久了，牠們仍一路跟著我們。」

赫連麼麼嗅了嗅水流，終於，牠也聞到了，咕噥道，「真的是老了。」

赫連麼麼和駱加判斷遇到了一群逆戟鯨！

「牠們越來越接近，怎麼辦？」

「你以前見過沒有？」

駱加搖搖頭，全神貫注都在聆聽逆戟鯨的動向。

「我曾經被十幾隻包圍過，牠們一點也不敢接近我。」赫連麼麼自吹自擂。

「不要老是講那些過去的事，現在怎麼辦？」

「現在要游走已來不及了。」赫連麼麼吐了一大串氣泡，強裝鎮定，「你如果跑了，牠們還以為我們害怕。這樣反而增加牠們攻擊的欲望。我們的唯一方法就是迎向前去，讓牠們害怕，不敢攻擊我們。」這是以前白牙教牠的方法，牠不知道是否能成功。

駱加聽了實在不敢置信，可是已別無方法了。

赫連麼麼喊道，「走吧！」牠也就乖乖地尾隨，向前游去。

「牠們仍繼續游過來。」駱加喊道。

赫連麼麼沒有說話，其實心裡也緊張地不知所措，只是埋頭全心潛泳。

五百米！

剩下三百米！駱加又在心裡喊道。

赫連麼麼仍閉目往前衝，完全把生命豁出去般。

兩百米！

一百米！

五十米！

駱加緊張地閉眼，但似乎來不及了，一陣逆戟鯨帶來的水流，如冰山漂過海面時總有一股寒氣，隱然從牠身子周遭通過。等牠定神，發現自己安然無恙時，牠高興地回頭找赫連麼麼。

可是赫連麼麼呢？

牠嚇了一跳，以為出事了，急忙浮出水面。赫連麼麼正漂浮在遠方。

赫連麼麼已經累得說不出話來，癱在海面上，像一尾肚腹翻白的死魚，隨浪潮起伏，勉強噴出一點水氣，胸鰭舉不到一半即頹然落水。

20

看到小和緊張地指著河灣上的怪物，葉桑不禁莞爾一笑，「那只是一隻死豬，大概是被人拋棄，漂流到此。」

阿公搶先走過去。

小和跟在葉桑之後，儘管只是一隻死去的豬，他還是有些害怕。接近了，繼續站在葉桑背後。

死豬有一半仍浸泡在河水裡。阿公隨手撿了一根木棍，用力將牠翻轉，掀開已開腸破肚的腹部。

「這裡有許多鰻苗。」阿公興奮地用頭燈照射豬身。

小和從阿公與木棍間遲疑地瞧過去，赫然看到死豬的肚腹裡，一堆像蛆一樣蠕動的魚苗，連嘴角都有三四尾爬行。

他感到胸口一陣噁心，差一點將胃裡的晚餐都吐出來。

「總算沒白跑。」阿公繼續用木棍冷靜地翻查，檢視死豬。

葉桑在旁聽了非常納悶。

阿公抬頭瞧見葉桑不解的眼神時，微笑道，「這裡常有上游丟棄的死豬漂來。我判斷退潮時，應該會有許多鰻苗，選擇這裡做為暫時的棲息地。我果然沒有料錯，這對以後捕鰻苗的人有很大的助益。」

葉桑瞪大眼睛，他實在不敢相信，老友的研究仍處於一種水產養殖的心態。

21

回到營地後，小和覺得非常疲倦，馬上鑽入被窩睡覺。

阿公和葉桑重新造起營火。大概工作告一段落，而且有了眉目，阿公覺得肚子非常餓，胃口也特別好。囫圇吞地吃了生力麵，又倒了一杯奶茶。

「好久沒這樣熬夜了。」阿公背靠一株殘木，舒服地躺著。

葉桑仍陷在沉思鰻苗的事情。

「你怎麼確定這回可打敗我？十幾年來，你只有贏過一次。那次還是我忘了……」阿公吃飽了，話也多起來。

「最後一次的勝利才算贏。」

「你憑什麼贏？」

「你不懂的知識。」葉桑想起老友撥開死豬的興奮表情。

阿公冷笑，他才不相信葉桑真的有了新的創見。

葉桑低頭不語，不停地撥弄營火，似乎對這個議題毫無興趣，也不像平常那樣多話。

阿公這一回特別選楠木做的木頭老鼠，因為楠木的氣味濃，在水裡傳出甚快，範圍又廣。葉桑和他的放在一塊，鱸鰻根本聞不到葉桑的。而且，水流向著河口，他的老鼠又在葉桑之上，這場比賽在阿公看來，葉桑根本毫無勝算。

葉桑也知道，自己只是在賭，希望鱸鰻不會在漲潮時出來，等退潮，水位降低，氣味散得慢。屆時，他的贏面就大了。此外，他還掌握有一項阿公仍不知道的新資訊。

「你知道為什麼你每次都會輸？」阿公一副同情的口吻。

眼看葉桑未吭氣，阿公欲言又止。阿公一直不懂葉桑為何不將木頭小鴨的底部漆成白色，吸引鱸鰻來吞咬。這種知識在一些新近的研究報告裡都已提出。總之，他可以確定葉桑根本未用心在獲取新資料。

兩人沉默了許久，換葉桑打開話匣子，「前個月，有人在小島附近發現，一些人家養的小鴨無緣無故失蹤了，我想你大概也知道這是誰的傑作，所以我這一次才選擇用小鴨。」

霎時聽到，阿公有點錯愕，但隨即一臉不在乎的表情。

「氣味才重要。」阿公信心十足地說，「漲潮時，鱸鰻一定會出來。」

「這種事連這裡的漁夫都不敢隨便亂說。」

「難怪他們這幾年都沒有捕到。」

「許多動物也冬眠。鱸鰻很聰明，不會隨便浪費體力。」

「冬天不容易找食物。」

「你這個人就是嘴硬。」葉桑苦笑。

阿公突地把臉一沉，不說話了。

22

小和又做了一個夢。

在夢裡，他背著書包，獨自穿過夜黑的沼澤。他不知道自己要走到那裡，只是不斷地走。天空漆黑一片，兩邊的蘆葦卻愈來愈高大；最後，每一根蘆葦似乎都變成巨竹。他感覺自己反而像隻小老鼠走在沼澤。

他迷失在蘆葦叢裡。

意外地，天空飛來一隻目露兇光的貓頭鷹，振翅拍撲而下。他嚇得慌張地亂跑亂衝，書包、帽子、鉛筆……都掉光了，最後，整個人陷入了泥沼裡。

他試著爬出來，卻一點也使不上力氣。一隻夜鷺飛到他對面的蘆葦叢畔，彷彿在喋喋竊笑。那是小和聽過最難聽的鳥叫聲。接著，夜鷺又驕矜而悠閒地梳理自己的羽毛，對陷在泥沼裡的小和漠不關心。

小和生氣地拾起石子朝牠丟去，夜鷺仍無動於衷。他發覺自己愈陷愈深，汙泥已沒及腰部。他努力大叫，但半點聲音也發不出來。

他急得四處張望，終於看到不遠處有一塊巨石，可以攀附。他設法挪移，費了一番工夫才接近。可是，往前再看，卻大吃一驚，竟然是一頭鰻苗群不斷爬出的死豬。他趕忙往回爬，死豬黑色的大影子慢慢靠過來，他害怕地想喊叫，喉嚨有東西哽住似的，偏是發不出聲。他只好閉上眼，拒絕目睹眼前的光景。

未幾，死豬似乎未再接近，他覺得周遭有一股比冬天河風更寒的冷意吹拂臉頰。他微微睜眼，沒想到眼前赫然站立著夜鷺肥胖短小的身影。這回他終於能出聲大叫了。

隨即，他發現自己已然飄在空中。他回頭一看，是那隻夜鷺用巨大的嘴喙銜咬住他。一起越過沼澤上空，飛向河口。

在他們底下的河口裡，正有數以億計的光點閃閃發亮。每一點亮光都是一尾小魚苗。牠們構成龐大的冬天河光，緩緩移動。有的光芒向海洋流，有的則朝河上游行來。小和看得目瞪口呆，嚇得半句話也說不出。

這時夜鷺慢慢迫降，竟然將小和放到河裡去，等小和發覺不對勁時，他已全身浸在河水裡頭。小和嚇得要大叫，忽然發覺全身一陣輕微的刺痛。緊接著，變得異常舒服。

剛入水時，還有一陣冰寒，現在變得暖和起來。他正疑惑，揮動手，手臂竟揚起無數不斷晃動的水光。他再好奇地擺動，水光緊跟著他的手臂舞踊。他又興奮地揮動四肢，整個人竟全身發光。舞動越快，亮光也愈多。

最後，他潛入水裡，發現四周都是正在漂浮的小魚苗，他身上的光都是這些小魚苗身上發出的，小和更感覺不可思議。於是，他開始學魚苗群隨潮水起伏。不知不覺中，他也變成一尾小魚苗，慢慢地遠離河口……

23

天空太高了，
麼麼和媽媽都飛不上去，
只有星星才飛得上去。

赫連麼麼想起小時的第一首歌。從以前到現在，凡是唱過的每一首歌的內容，牠都記得十分嫻熟。午夜已近。滿天繁星，北方孤獨發亮的那一顆，是赫連麼麼最熟悉的小熊星座α星……

24

那一年上岸後，翌日凌晨，牠們才準備離去。

「泥沙太多，出不去了。」

潮水已經淹到赫連壓壓的腹部。長期失水下，皮膚乾枯僵硬，突然再遇到水，牠全身痠疼不已。

「這是你的心理作用，我們在陸地待太久，身子難免會僵硬一些，我們先讓海水慢慢濕潤，過一陣就會恢復過來。」白牙說。

「假如出得去，我再也不來這種鬼地方。」

「我覺得舒服多了。」白牙強忍著痛，鯨吞一口水，奮力噴出氣，讓背部澆濕。

「試著噴氣看看。」

「這樣有用嗎？」赫連麼麼依樣畫葫蘆。

又過一陣子，潮水淹沒胸鰭後，未再漲高。

「應該是動身的時候了。」

「你確信嗎？」

「嗯，現在先擺尾，你在前，我殿後。」

「我的尾鰭抽筋了。」

「天啊！我們一定要在最滿潮時出去。」

「我還是沒辦法。」

「換我。」

白牙趁潮水湧至時，猛然扭身，企圖離開沼澤。牠又順勢朝赫連麼麼的尾鰭撞了一下，企圖讓赫連麼麼也能脫離。未料到，這一撞，對赫連麼麼毫無幫助，連白牙也來不及隨潮水脫離，再次陷入泥沼。

25

從小跟自己一起長大的，
永遠在童年發亮的星星。

有一回，牠遙望著小熊星座，突然對米德冒出這麼一句話。北返途中，米德曾屢次教牠，如果走失了，落單時，對著小熊星座的方向就對了。上一回，游出河口，牠和白牙就是跟著小熊星座回到北方。

今晚的小熊星座似乎特別亮。牠隱隱感覺，背上的外皮又在逐漸乾硬，甚至有點龜裂的痛楚了。

在河灣時還能嗅聞到的一絲海流滲入河水的氣味，如今也蕩然無存。現在，只剩河風的冷與鹹，乾與空，徐徐吹拂著，牠的鼻孔如乾涸的廢田，荒涼地暴露著。這回，這種消失感讓牠有著背離舊秩序的快感。

26

試圖離開沼澤失敗後，牠們未再有後續的動作，像兩艘廢船斜躺在草叢中。

「你在想什麼？」

「什麼都不想。」

「很抱歉帶你來此。」白牙的語氣已喪失先前那一分不屈之氣了。

赫連麼麼苦笑，安然地躺在那兒聽天由命。

「開始退潮了。」白牙說。

赫連麼麼閉目不語，彷彿開始在享受這種命運的安排。

白牙有些氣餒，但牠真的不甘心。

「你有沒有想過死亡？」赫連麼麼突然插問。

換白牙不答。

過了一陣，赫連麼麼再問道，「不知道以前的鯨魚面對死亡時，有無想過如何死比較有意義的問題？」

「死亡需要花腦筋，是最痛苦的事。」白牙仍在掙扎，「我還沒有時間想這個問題。」

「你知道嗎？我這輩子最怕鯨跳。」赫連麼麼感嘆道。

「為什麼？」

「因為自己太胖，跳得不高。我喜歡單獨徜徉。」

「這也沒什麼不好。」

「你覺得我的打鬥能力如何？」

「缺乏信心。」

赫連麼麼默默點頭，突然哀怨地感嘆，「你看來樣樣都精通。」

蘆葦叢的沙沙作響聲停了，沼澤離奇地安靜。

沉默許久後，白牙也忍不住開口，「你絕對無法相信，我的唱歌能力很差。」

「真的？」

「真的，我從來沒有完整唱過一首。」

赫連麼麼瞪大眼睛。

「我只會一些兒時的歌，而且記得不甚完整。」

「來，我現在可以教你。」赫連麼麼興奮地哼起來，全然忘了仍身陷在泥沼裡。

關於我的行蹤，
童年的星星知道。

死到臨頭，白牙實在不敢相信赫連麼麼竟然有這樣愉悅的心情。可是，牠們又能如何呢？白牙起先有點彆扭，慢慢地，也跟著吱吱唔唔地哼了起來：

死亡沉沉地呼吸，
我們偷偷繞過它。

「你吟詠得相當不錯啊！」
「我頭一次聽到這樣好的讚美。」
「只是有種過於自戀、自負的意味。」
「大家都有吧！」

赫連麼麼再度訝異起白牙偶爾閃爍的智慧光芒。

「你只是隱藏著而已，這使你看來比外表還懦弱。」白牙又說。

牠們又唱了許多歌，直到白牙突然停止。

「怎麼了？」赫連麼麼發現只剩下自己在獨唱。

「我怎麼未想到呢！」白牙大叫起來，「你的尾鰭現在如何了？」

赫連麼麼試著擺動，仍然未見好轉。

「無論如何也要動，現在，我們一起等一次大的浪潮過來時，記得一定要往前衝！」

「往前？」

「對，記得往前。」白牙信心十足，「我們只有往前才可能離開。」

「現在是退潮啊？」

「我們可以趁脫離之際，迅速再往回游。讓潮水帶我們離去。」

「辦得到嗎？」

「你準備好了沒有？」

赫連麼麼有些措手不及，因為在心態上，牠以為自己已經死了。

果然，一陣大浪湧至時，白牙喊道，「好，走吧！」

赫連麼麼趕緊尾隨白牙噴氣，扭腰擺尾，但尾部劇烈的傷痛隨之而至。

蘆葦叢裡，泥漿滿天飛濺……

27

赫連麼麼感覺額頭前有隻小動物在嗅聞自己。牠嚇了一跳，覺得來者似乎不懷好意。牠故意發出聲響，噴了一口氣，試著把這個小傢伙趕走。

小動物從牠左邊驚嚇得迅速溜過。原來是隻小田鼠。但是赫連麼麼不認識，小田鼠的出現讓牠有了恐懼，機警之心油然浮生。牠的右眼直瞪著小田鼠消失的地方，左眼卻看到了另一隻動物爬過來。

來的這一隻，這回牠認識了。沒想到大海龜竟然出現於此。大海龜慢慢爬近來，嗅聞赫連麼麼，彷彿在那裡見過這種生物，大剌剌地在赫連麼麼的嘴角邊歇腳。

「今晚可真熱鬧啊！」赫連麼麼其實想靜靜地度過最後的這一時刻。

大海龜認識牠，用趕走老鼠的方式驚不著大海龜的。牠無奈地唸唸有詞，「快點走吧！我想獨自在此。」

大海龜卻在牠的身邊閉目，一副安詳靜謐的神態。赫連麼麼未料到，連擱淺也有海洋裡的老朋友來相伴。失去水，牠變得非常疲倦，繼續昏沉沉地睡去。

28

「看到沒有？」赫連麼麼在濃霧裡迫切地追問。

「只有一條河，味道真難聞。」駱加仍不懂赫連麼麼的確切目的，牠也懷疑赫連麼麼本身是否知道。

「有沒有山？」

「看不清楚。」

「我們再靠近一點。」

「太危險了。」

「不會的，我以前來過這裡。」

「能不能在這裡等霧散去？」

赫連壓壓勉強應允後，駱加鬆了一口氣。

牠們徘徊在離海岸遠一點的地方。

駱加仍游得甚快，赫連壓壓追得十分吃力。駱加時而回頭等牠。

「我覺得自己還有交配的能力。」

赫連壓壓突然想起在過去共同生活過的雌鯨，牠記不得已有多久沒有和雌鯨在一起了。

駱加許久之後才回答，「你想證明什麼？」

「這表示我還能處理許多事情。譬如，我還能繼續和年輕的雄鯨戰鬥。」

「可是，現在你卻選擇溯河上岸。」

話不投機，兩頭鯨魚又是默默無語。

霧緩緩散去。

「我看到山了。」赫連麼麼大喊。

「你看錯了，那裡什麼都沒有。」駱加發現這頭老鯨魚視力與體力一樣差。

「沒有山的話，一定要繼續南下。」

「我要往北走，大家都已經回去。我必須趕快。」

聽到這話，赫連麼麼奮力呼氣，頭上頓時形成一股樹叢般的噴氣，然後猛吸一口氣，再潛下，故意向駱加咕嚕吐出。

一排水泡網在駱加眼前形成，不斷浮升。水泡網的製造，多半是用來驚嚇，圈住磷蝦或小魚群，藉此覓食。不成熟，或孩子氣的，才會在同伴面前噴出。

駱加知道牠的用意，轉而生氣地大聲說話，「你以為溯河擱淺就能證明什麼？」

赫連麼麼停止水泡的遊戲，一扭腰，衝到駱加面前，橫擋住牠的去路，臉色異常難看。

「我希望夏天時在冰山海灣採食時還能見到你。」說完，駱加不再理牠，閃身溜走。

「來不及了。」赫連麼麼在駱加愈來愈小的背後默喊。

29

赫連麼麼繼續吞吐水泡，但一噴出後，隨即失去某種力量。牠緊張地打了個冷顫，頓時清醒。牠發現噴出水氣後，全部濺灑在泥灘上。清冷、空蕩的泥灘。赫連麼麼意識到這裡是沼澤時，些許愣了一下。

然而，想到駱加，想到鯨魚族群，身為一頭鯨魚，牠的終極目的是什麼？打鬥、交配、繁殖，養育下一代長大，還有集體覓食、集體唱歌、集體遊戲。難道就是這些？這些理所當然的事卻讓牠覺得很困難。簡單地哼吟歌曲的詩句，單獨地想一些無關於覓食的事，在月光中泅泳……有時，真的，牠覺得這樣生活就很好了。可是，別的鯨魚都很鄙夷這種行為。每年隨著族群的南來北返，牠是有一種不清楚的不甘願。

又繼續噴氣，很認命的，彷彿在做生命的最後一搏，扭腰、擺尾，奮力地要把體內的氣全部排出，甚至竭力地把內臟、腦子、生活經驗，把所有的舊有的一切全部噴出來似的。噴到後來，噴氣孔只剩一團白沫，整個身子全然癱瘓，暈厥過去。

等牠慢慢醒來，大海龜已不知去向。

突然間，有一團小東西落在頭上。牠正疑惑，頭上又出現笨手笨腳的飛降聲音與重量。是一隻海鷗。接著好像又停落兩三隻。只有海鷗才會如此粗魯，每回都好像要刻意宣示自己的到來。如果是風鳥站上一整天，赫連麼麼恐怕都不知道牠們的存在。

海鷗們毫不客氣地胡亂走動，努力地找尋茗荷介。牠們不停地探啄。赫連麼麼雖然覺得舒服，卻不是很高興；但也只有閉目，無奈地任憑海鷗啄食。不知道是否有先前那一隻在裡面。牠正狐疑時，遠方又有大群海鷗飛來的聒噪聲。

海鷗愈聚愈多，把赫連麼麼的頭頂當成市集，從茗荷介找食物吃。入冬以後，海鷗群從未享受如此豐富鮮美的佳餚，牠們快樂地喧鬧成一團。

赫連麼麼認定的一場莊嚴的活動，竟然變成這樣的情景，牠的心情壞透了。牠從未像現在這般討厭海鷗。

30

天亮了，小和坐在河邊，用一根木枝刮除球鞋上的汙泥。不一會兒，這雙才新買的球鞋已刮出原先的亮麗。

葉桑也在河邊整理橡皮艇，阿公則繞到街上買東西，順便買早餐。

「葉阿公，為什麼你一定要和我阿公比賽？」

「大概是我們誰也不服誰吧！」

「鱸鰻是什麼魚？」

「牠是溪裡最兇猛最大的。冬天時在河口比較少見，尤其是大的鱸鰻。」
「你們為什麼不用真餌呢？」
「假的才有挑戰性，而且不會傷害到牠們。」

小和仍是滿腹疑惑。

「我們會選鱸鰻，因為牠們是很聰明的動物，非常不容易捕獲。放餌的人必須考慮到水流、氣味、顏色這些複雜的問題。這是門大學問，想要釣到必須下很大的工夫。日本人也相當喜歡，他們以釣鱸鰻做為最高的挑戰。以前，我們常派隊伍去和他們比賽。」
「我們一定贏吧？」
「最初贏的機率大，後來都輸了。」
「為什麼？」
「我們都是用同一種土法，各憑經驗。他們不斷累積知識，更新釣法。」
「這跟你和阿公的比賽有什麼關係？」
「因為你阿公採用的就是日本人的方法。」

「你是說阿公又要贏了？」小和放了大半個心。

「嗯，對，不過也很難說……」葉桑突然發現小和運動帽上的徽章不見了。

「什麼時候開學？」葉桑無意間閒扯到小和的痛處。

小和答不出來，暗自低頭。看到鞋帶鬆開了，蹲下去繫綁。

小和不答話，葉桑也未再追問。

這時，太陽的照射轉而吸引了葉桑的注意。從橡皮艇停泊的位置可以眺望到荒野上的貨櫃屋。葉桑回頭觀看，陽光正好斜照在它身上。金黃的光澤下，貨櫃屋迷彩又略帶鐵鏽的外殼看來像一處廢墟般荒涼，他嚇了一跳，已經好久好久，沒有如此從容且仔細地去看自己住了那麼多年的蝸居。

「葉阿公，那個貨櫃以前是不是軍用的？」小和突然道。

「不是，是一般貨櫃。」

「為什麼要塗上迷彩？」

「偽裝啊！不要讓它在沼澤太顯眼。」
「這跟打仗好像。」小和滿腦子電影裡軍隊打仗的影像。
「打仗？」葉桑愣了一下，他聯想到這幾年自己在沼澤的抗爭工作。

最近，他對周遭的生活也越來越沒有安全感。尤其每次到城裡辦事，縱使不和人接觸，只是看著路上行人的匆忙往來，他都有極大的不快與不安。人太多了，事也太繁雜了。他只有回到沼澤，回到這個獨住的貨櫃屋才能放鬆自己。

「葉阿公以前考試有沒有作弊？」
「怎麼突然問起這個問題？」
「隨便提的。」
「我們那時候作弊都要退學的。」
「喔！」小和愣了許久。

阿公回來了。剛才他藉口忘了帶一些漁具，到街上的釣具店去買。事實上，他是偷偷去便利商店買巧克力，好久沒有買巧克力了，他不知道包裝都改變了。結果，那兒只賣小和帶的那種長條的巧克力，沒有一片一片包裝的，但他還是一次買了三條。

他也順便去市場打聽鱸鰻吃小鴨的事，看看是否有如葉桑所說的誇張。結果，確實是有兩三隻小鴨突然消失的事，但是否為鱸鰻的作為，沒有人敢斷定。

葉桑不過是老毛病又犯，隨便臆測罷了，阿公想。知道事情原委後，阿公也才放了大半顆心。

「今天看來天氣不錯！」阿公對葉桑笑吟吟地說。

31

用完早餐，他們隨即出發。

橡皮艇在蘆葦叢裡穿梭，他們再次前往小島。陽光暖暖地照在河水，水鳥們飛得特別頻繁，蘆葦叢裡也到處有秧雞苦哇苦哇的忙碌叫聲，彷彿現在已是春天。

葉桑在船頭划槳，指著兩隻在水草間翩翩起舞，又相互追逐的小白蝶。「紋白蝶來得真早啊！」

「紋白蝶。」小和不知不覺地跟著輕唸。

「今天沼澤區好像特別熱鬧。」葉桑精神抖擻地向前划。

「嗯。」

「阿公，會不會有一些所有動物都知道，而我們卻不曉得的事情。」小和突然問道。

「你要說什麼？」

小和聳聳肩，似乎無法清楚表達，昨晚莫名浮現的夢境。

「小和，會不會想家？」船頭逆風，葉桑的聲音才一出口就被風吹走。

小和未聽見。

「下一回還想不想跟阿公出來？」葉桑繼續問。

小和忙著伸手指小島的方向。「那邊有許多鳥在飛。」

阿公用望遠鏡看了一陣，喃喃自語道，「這裡很少有那麼多海鷗聚集，下面一定有什麼好吃的食物。」

「一定是我的小鴨被鱸鰻咬到了。」葉桑興奮地說，一邊也取過望遠鏡。瞄了許久，他注意到這些海鷗們似乎相當亢奮，盤旋得十分從容。

橡皮艇朝放置木餌的水道划去。海鷗群就在他們前方集聚。連小和都有一種預感，河灣一定出現了什麼東西。他們趕忙划動，一邊撥開撩人的草葉，穿出蘆葦叢時，眼前的水道出現一幅慘不忍睹的情景。河面上的木刻老鼠和小鴨都失去蹤影，兩邊的蘆葦東倒西歪，枝折莖斷者不計其數。而更深入的河灣裡面，他們朝那兒看去，一頭黑色如小山丘般的鯨魚赫然橫躺在那裡……

32

白牙再次找到赫連麼麼時，牠們的年紀已經大得彼此都認不出對方了。

「那次從河裡回來後，有一段時日只要接近海岸就害怕。」赫連麼麼說。

「是的，勇氣減少了許多。」白牙已經垂垂老矣，尾鰭緩緩擺動，眼角都有茗荷介生長。

赫連麼麼點頭表示贊同，「連智慧也減少了。」

接下來，赫連麼麼問白牙去了哪裡，白牙笑而不答，只說，該去的都去了。

赫連麼麼不明白白牙的意思。像白牙這樣勇於尋求新事物的鯨魚，在溯河結束後，應該還有很多大的計畫等著去實踐吧？

「有沒有跟其他雄鯨精彩地打鬥過？」

赫連麼麼勉強苦笑，「沒有碰到比你更兇惡的對手。」

白牙也報以淒然的微笑。

「後來有沒有再去過河裡？」赫連麼麼追問。

白牙嘆了口氣，「好像應該再去。」

「為什麼？」

「我也不知道，總覺得這輩子應該再去一次，心裡才會安靜下來。」白牙繼續喃喃自語，「真懷念那些草，還有陽光。」

赫連麼麼沒有吭聲，牠想到深陷在泥沼的恐懼。

「雖然只是一點時間在那兒，你會覺得整個海洋的生活變得沒什麼意義。」

白牙又修正自己的看法，「不，好像應該是去了，所以海洋的生活才更有意思。」

赫連麼麼不想再聊這個問題，白牙卻興致勃勃。

「你知道嗎，我回來後，當時還想去更南方的熱帶海域。」白牙說話時，幾乎被茗荷介垂蓋的眼睛仍閃著一抹亮光。

「後來為什麼不去了？」

「不知道，我相信這不是體力的問題，而是年紀大了，突然有一天，就會對海有一種依賴性。」

白牙無法具體形容這種感情，只覺得是一種海越來越大，自己卻被綁住的心境。牠很害怕被這種大所吞噬。現在，牠覺得重新去檢視過去的行徑，可能比什麼都重要了。「我寧可讓自己消失於過去的某一個經驗裡，而不願投入一個不知的未來。」

赫連麼麼發現，白牙說這些話時，全身都顫抖起來，整個身子變得愈來愈小，像一頭剛出生無依無靠的小幼鯨。牠從未想到白牙會有這樣的形容。

白牙的坦誠，並未使赫連麼麼如此與牠交心，畢竟，相隔那麼多年才再會面，赫連麼麼一點準備都沒有。

白牙一說完，赫連麼麼反而覺得白牙離牠更遠了，比一頭陌生的鯨魚更陌生。牠們曖昧地交會而過，胸鰭相互摩挲之後，竟再也未回頭。等赫連麼麼突然有一種意念，想再問白牙事情時，白牙已消失了。

隔天，赫連麼麼再到這塊海域尋找白牙，也未再看到牠的蹤影。牠跟其他鯨魚打聽，沒有鯨魚知道白牙去那裡，別的地方也沒有牠的消息。但赫連麼麼覺得有一些事還想跟白牙溝通。

白牙到底在想什麼，也許沒有答案。縱使有，對白牙或對其他任何老鯨魚而言也都不重要。重要的是牠生活過了吧？但白牙為何這時再來找牠呢？

是不是跟那一次的溯河有關？

赫連麼麼急著想再找到白牙。這是一頭老鯨魚和另一頭老鯨魚面對面才能解決的心事。尤其是牠們擁有一段年輕時一起探險溯河的經驗。但眼看北返的時間迫近，仍未見白牙出現。

赫連麼麼想了許久，突地恍然大悟。牠知道白牙去那裡了。

於是，赫連麼麼強撐著一天游不到三十海浬的身子，再度趕往當年溯河的地方。

一星期後，牠抵達了河口，遠遠地看到沙灘上有一團大黑影。牠慢慢接近，仔細一看，赫然發現是白牙。

後來，赫連麼麼一直在想最後的對話內容，白牙到底要表達什麼。

33

葉桑和阿公在野外都遇見過，驀然在眼前矗立的險峻山脈、奔瀉轟隆的巨瀑或是直插雲霄的大紅檜等自然界的雄偉景觀。不過，這些都是在旅途上可以預期的，且是有目的的發現，在心裡上已早有準備。

鯨魚擱淺卻截然不是那麼一回事。牠讓人措手不及，讓人充滿著意外的驚奇，何況是在一條河的岸邊。

更重要的是，這頭鯨魚還活著。那麼巨大地活在一個從來就不屬於牠自己的空間，好像是一個外星人來到了地球。

是的，畢竟未接觸過這樣大型的海洋哺乳類，鯨魚龐然的身軀的確像一個外太空來的奇怪生命體。這不是夢，卻像一個帶點鬱結的夢，正在進行。結實、緊密如巨岩般地壓著他們每個人的胸口，讓他們全然透不過氣來。

「好大的魚！」小和率先大聲說話。

他也和阿公、葉桑一樣，完全愣在原地，不敢相信眼前出現的事實。隨即，他聞到一股相當難聞的腥味，自巨物身上發出。他站在原地，摀著鼻子。

「不是魚，是座頭鯨。」

從長長的胸鰭，葉桑一眼即認出座頭鯨，但仍觀看了許久，心情平靜下來，才緩緩吐出這句話。

之後，葉桑小心踩著較硬的泥沼，往前接近，一邊仔細地打量鯨魚布滿茗荷介的身子，濃烈的腥臭繼續撲鼻而來，「怎麼會在這裡出現呢？以前聽說有海豚跟鯊魚游進來過，可是從沒有鯨魚的紀錄。」

葉桑終於抵達鯨魚身邊，「看來年紀不小了。」

阿公恢復鎮靜後，完全沒有聽進葉桑在講什麼，對鯨魚的存在也視而不見。只顧走過去，繞著鯨魚，眼睛不停地四下搜尋，急切地要找到木刻老鼠。結果，他發現木刻小鴨橫躺在鯨魚旁，順手撿了起來，但一個不小心，差點陷入泥沼，急忙放入口袋，用手去攀住鯨魚。意外地，剎時間，他感受到一種鯨魚皮膚特有的緊密與厚實，又有一股像鋼鐵般冰冷的寒意沁過他的手心，他頓時產生奇怪的震懾。這是他平常研究魚類從沒有過的感覺。這時，他似乎才正視到鯨魚詭異的存在，整個蘆葦叢變得肅殺起來。

小和雖不習慣那難聞的腥味，卻不知不覺地走向前，渾然忘了新球鞋沾染泥濘。他彷彿在那裡見過這頭鯨魚。然後，他似乎看到鯨魚睜開眼，又迅速閉合。

「阿公，鯨魚還活著嗎？牠睜開過眼睛！」小和大叫。

「嗯！」阿公看到小和換穿了新球鞋，「小心，不要陷到泥沼裡。」

「陳君，你認為牠是如何進來的？」

葉桑似乎對這個問題充滿極大的興趣。繼續撫摸鯨魚，注意著厚重的茗荷介像是在研究魚類身上的鱗片般。除了一條鮮明的舊疤痕，他發現鯨魚沒有任何外傷的跡象。

阿公似乎仍在巨大的悸動中。

「陳君，我們是否該快點叫其他人來幫忙？」葉桑知道，一頭鯨魚擱淺，如果不趕快搶救，在陽光曝晒下很快就會膨脹，比一般動物腐爛得快。

「讓漁民知道，他們會搶過來肢解，然後，賣給魚販。」阿公終於清醒過來。

「這樣只好先通知警察。」

上了報，鯨魚只會變成政府大肆吹擂河流乾淨的工具。阿公在心裡默想，難道這也是你想要的？

葉桑看阿公不語，大概也明白他的意思。自己想想也確實不妥。

「我們去找其他學者！」

「哪來的鯨魚專家？」阿公覺得自己才是最好的鯨魚研究者。

「你只專門研究魚類。」葉桑知道阿公在想什麼。

「至少，牠們不是在空中或是陸地。」

「牠遲早會被發現。難道你要等牠死了，等你的研究結束了才讓人知道？」

「漁民一定看不見。除非，他們也走進小島。」

「你並不是唯一的發現者。」葉桑語氣變重，嗓音拉高。

阿公似乎充耳不聞。

「我要救牠。」葉桑語氣堅定，幾乎是用吼的了。

阿公眼神平和地盯著葉桑，仍不疾不徐地說，「做這種事不能太情緒化。」

葉桑氣得目瞪口呆，繼續威嚇的口吻，「我給你一分鐘考慮。」

「一個小時也一樣。橡皮艇是我的，要找人求救，自己游泳出去吧。」

這下葉桑愣住了，他沒想到阿公居然使出這種卑鄙的手段。

「最好是保持原樣。」阿公仍冷靜如常，轉過頭觀察周遭的環境。

葉桑脾氣又要爆發時，小和突然激動地在旁大吼，「為什麼不救牠出去？」

阿公嚇了一大跳，急忙回過頭。

葉桑更未料到小和竟站到自己這一邊。

阿公有點不敢置信地注視著滿臉通紅、一股怒氣的小和。

「這頭鯨魚能從河口游進來，繞過那些窄小的水道，再來到這裡，而且那麼準確地滑入沼澤，一定是下過什麼大的決心。不然，絕不可能做出這麼巧合的事。」為了對小和解釋，阿公慢條斯理地說。他讀過一些研究報告，鯨魚擱淺的因素不外生病、迷航，或者被殺人鯨追擊，但縱使如此，最多也只是在海裡擱淺，絕不可能深入到河岸沼澤。

「可是，牠要死了。」小和完全不聽，繼續大聲嚷道。

「也許，說不定，這正是牠想要的。」

「照你的意思，好像我們應該尊重鯨魚的選擇了？」葉桑很不以為然地插嘴。

小和誤以為葉桑動搖了，急得大喊，「你們都是壞人，只會自以為是。」

阿公和葉桑不明白地緊盯著他。

小和想起了昨天的那隻小飛蛾，頹喪地低頭自語，「牠還活著。」

葉桑未料到，小和居然比他還熱切。他仔細想，不管阿公說得有無道理，他早已下定決心，無論如何要救這頭鯨魚了。任何動物都有生存下去的權利。他無法眼睜睜忍受一頭動物在自己面前死去。

「我會這樣做是因為考慮到牠們的習性。」阿公又費心地解釋。

小和仍是一臉不悅。

「最近有一份研究報告提到，有人認為牠們是因為厭倦了族群的體制生活而選擇上岸。」

「我們是學科學的，怎麼可以用這種沒有實證的推斷？」葉桑趁機反諷。

「我讀過的資料比你多。」阿公也生氣了。

小和聽不懂他們兩人的對話，也不想聽。

他又走得更加接近，期待鯨魚再度睜開眼。他學葉桑輕輕地觸撫這個龐然巨物。他並不覺得味道難聞了，反而認為是一種生物活著的表現。

他慢慢俯身貼近鯨魚，靜靜地聆聽，清楚地聽到牠濃濁沉重的氣息聲。

「小和，不要太靠近，小心陷到泥沼。」阿公在後頭喊。

小和激動地回頭大叫，「我們應該想辦法讓牠回到大海裡去。」

阿公再一次不厭其煩地強調，「小和，也許，鯨魚不想回到大海裡去。我們硬是把牠救回去，反而是不尊重的表現。」

小和轉過去，雙手摀住耳朵。

阿公拉高聲音，繼續耐心地講下去，「我們應該尊重大自然的衍替、興落。」

「沒想到你也會講這種話。」葉桑繼續挖苦他。

阿公不理葉桑，「這頭鯨魚只是在完成牠生命過程裡最後的一步路。我們的出現是意外，我們應該視而不見。」

「我要救鯨魚！」小和又憤怒地大吼。

阿公有點不知如何是好。

「陳君，外國人也是救了再說，我還沒有見過像你這麼冷血的人。」葉桑仍在旁冷嘲，「你還是當年那樣的自以為是。」

像阿公這樣硬脾氣的人，他發現只有用這種方法了。

三個人在原地沉寂不語好一陣。

「好吧。」阿公果真受不了這種嘲諷，「你們兩票，我又有什麼話好說。唉，你們只是在折磨牠而已。」

「我就知道你良知未泯。」葉桑喜出望外，開玩笑地說。他沒想到老友那麼快就軟化。

小和轉怒為喜，又蹦又跳，把一雙球鞋踩得盡是汙泥。阿公想提醒已來不及。

「可是，你們怎麼救呢？」阿公看著赫連麼麼的龐然身軀，不禁疑惑起來。

他直視著葉桑，看他在憤怒之後，如何解決這個實際的問題。

葉桑也呆住了，這個問題確實把他考倒了。

他想了許久，突然拍手大叫，「有了，我想到一個很棒的方法。」

「你想怎麼做？」阿公好奇道。

葉桑故作神祕狀，「這事要漲潮時才能解決。待會兒我再告訴你，我們先回去，等晚上再來。」

「不要，我要在這裡。」小和嚷道。

「我們在這裡只會讓鯨魚更加不安，還不如讓牠安靜地休息。」葉桑邊說，邊走到河邊拎了一桶水，澆到鯨魚身上，讓牠舒服一點。

「我也來。」小和搶過水桶，急忙到河邊提水。

34

要回北方之前，駱加問過赫連麼麼，「你以前都是如何與雌鯨對話的？」

「對話？」赫連麼麼很奇怪為何問這個問題，「很簡單，跟其他雄鯨一樣，我教牠們如何避開敵人，像如何嚇退敵人，玩遊戲、唱歌給牠們聽……」

「還有呢？」

「還有，譬如說，如何在河口捕食、潛伏河床、辨識地標。但我不太想只是為了贏得牠而決鬥……。因為，這些事都不是最重要的東西。我們必須離開現有的體制，才可能找到自我。」

駱加泅泳離去。赫連麼麼看牠生氣遠離，趕緊跟上，「你不要以為我沒有這種能力，我只是不想而已。」

赫連麼麼說完，浮出水面，吐氣，朝午夜的海岸游去。

這時換駱加跟上來。

「你不是說要走了嗎？」

駱加點點頭。

「為什麼還不動身呢？」

「你的身體……」

「我只擔心自己的腦子。」赫連麼麼逕自轉身，吟誦起自己新想的歌：

遙遠陌生的地方，

或許有一群磷蝦，
但我看見了自己。

駱加有點不忍心，繼續跟上來。

「我用了一輩子的時間，連和自己對話都來不及，如何跟其他鯨魚溝通呢？」赫連麼麼默想。驀然轉頭，吐了一串大水泡，遮住駱加的視線。自己趁機游遠了。

35

回到營地，甫入睡，小和又做了一個夢。

午夜時，他自己一個人又蹲在小島的泥沼地吹口琴。他吹的歌曲曲調很簡單。他閉上眼，很認真、很投入地頭一次將一首歌完整地吹完。然後，一遍再一遍。他慢慢睜開眼，忽然看到腳跟前來了兩隻小老鼠，立著後腳，像袋鼠一樣，凝視著他。他有點吃驚，未料到，蘆葦叢上也停了四五隻眼珠火紅的大小夜鷺與貓頭鷹，靜靜地蹲伏著。

此外，蘆葦叢邊，還有一些秧雞、野兔也跑來，專注地將目光投射到他身上。他停止口琴聲時，未料到，所有觀賞的動物都不安地鼓噪起來。他只好再吹，動物們聽到口琴聲又安靜了。

小和也不知自己又吹了多久，反正已吹得相當疲累，兩邊的腮幫子瘦得都快撐破了，仍不敢鬆口。他迷迷糊糊地，完全不知道自己在吹什麼，只覺得耳邊都是口琴聲，不斷地響著……

36

葉桑回到貨櫃屋，取出那臺復古式的唱機。再趕去街上，跟友人借要給鯨魚聽的唱片。

阿公在營帳等候。從昨晚到現在，睡不到幾個小時。他原本想再多睡片刻，卻一點睡意也沒有。小和在他旁邊不斷地發出鼾聲。

不久前才吵著要回去的孩子，突然就變了。小和會如此衝動，阿公頗感意外。這孩子似乎對這頭鯨魚頓時產生很深的感情。他走出營帳蹲在營火旁，無意間觸撫到一塊忘了的東西，從口袋掏出，是剛才撿拾的，葉桑的木刻小鴨。

現在，阿公可以仔細瞧瞧葉桑的手藝了，無可置疑的，這一回葉桑的刻工比以前進步許多。不僅入木三分，也遠比他這次的木刻用心多了。他心虛地倒抽一口氣。難怪，葉桑比過去更有信心。

阿公一邊看，腦海裡卻滿滿地都是鯨魚的形影。想到自己摸牠時那一剎那的觸覺。這種觸覺讓他有點不知所措，若說他從未見過如此大的動物，還不如說這是他第一次被另一種活著且即將死亡的巨大生命所震撼。

「會不會是因為初次見到，才會產生這種非理性的情愫？我冷血？」想到自己被葉桑的反唇相識。

突然間，他想起另一件近乎遺忘的往事。

那是十幾年前，他和葉桑一起，尾隨一位泰雅族老人回到他的舊部落。

約一甲子前，老人在舊部落的族群被日本人強迫遷移到平地。過去的舊部落已沒有人定居，只剩獵人偶爾去那兒落腳。老人要回去拜訪一位老朋友。這位朋友是一棵大樹。一棵三百多年灰白的大九芎。

他們走了三天兩夜，翻越許多峭壁、危巖，涉過無以計數的深壑、溪澗。進入一處開闊的山谷後，遠遠地就看到那棵九芎，像傘的骨架撐開，孤立在山崗上。

老人跟他說，每次看到山崗上的九芎，就知道到家了。那種感覺很舒服，沒有東西可以取代。從小老人是在九芎樹下遊戲、長大的。童年因樹的挺立而完整地存在。

以前老人年輕時，常常回故鄉去。現在年紀大了，走不動，無法走長遠的路。那一回，他們知道可能是老人的最後一趟。

他們站在山谷遠眺九芎，老人在旁敘述九芎的故事時，淚水不斷地滾落。原來的那棵大九芎並非今日只剩枯枝的模樣，而是樹葉繁茂，遠看如蕈菇般的肥胖。

他們這才知道，原來最近礦務局將山頭承包給廠商，讓廠商在那兒恣意開採風景石。大九芎生長的位置剛好處於開採的地方。

那一天，老人也帶他們走上山頭觀察。整個山頭像是被削了外皮，只剩一根小枝莖連著細白果肉的梨子。那根小枝莖就是大九芎。

整個山頭周遭不僅遭到肆意挖掘、砍伐，連大九芎的根莖大半都遭砍斷。大九芎像斷了四肢的動物。近看時是還有葉子，至少仍有三四片青綠的老葉懸掛枝頭。但更多枯葉掉落在附近的土地，積得又厚又滿，踩上去鬆軟如地毯。老人說，每年春天大九芎都是最早長出淺黃嫩芽的，但今年旁邊的小九芎都已一片翠綠，獨不見它有任何動靜。

葉桑激動得一直要拉阿公馬上下山，準備把這個事件報導出來，挽救這棵垂危的九芎。

回去也要三天兩夜，如何找人來搶救呢？阿公當然反對這種莽撞的行動。他也知道大九芎即將枯死，卻不敢跟老人說實話。他從未見過如此高大、灰白的九芎，空氣流動著莊嚴、森冷的氣味。他走近觀察，隱隱感覺九芎正在俯瞰著他，山頭風大，似乎混有它的濃濁沙沙聲，帶著許多隻眼睛，他全身變得不自在起來。

37

不知何時，天上已烏雲密布，未幾，豆大的雨珠劈里啪啦地掉下來，沼澤猶若處於暗夜。

小和迷迷糊糊地醒來又睡去。

葉桑打著傘，抱著他那一臺復古唱機與兩張唱片來到營地。阿公看到隨即明白，葉桑計畫救鯨魚的方式。

阿公把三條巧克力全放入小和的背包。

「還好下雨了，我真擔心鯨魚會乾死。」葉桑躲進營帳，「不知鯨魚會不會溜走。」

「會跑到那麼內陸的地方，一定不是迷航。」阿公揣測著。

「你實在應該感謝這頭鯨魚。如果不是牠出現，我這次一定會打敗你。」

葉桑專注地檢查久未使用的唱機，一邊提及釣鱸鰻之事。

阿公似乎沒興趣再與葉桑提釣魚比賽之事，「放音樂引鯨魚出來，沒想到你還有這方面的概念。」他檢查葉桑帶來的那兩張唱片，一張是巴哈的，另一張是搖滾樂。

「你這幾年好像都沒有再發表報告。」

葉桑愣了一下，苦笑道，「你永遠不會了解我。」

說實在的，從任何方面來說，赫連麼麼都找不到生活壓力的重大理由，構成牠做出溯河這樣嚴肅的決定。牠會溯河，有很大的因素要歸咎於對生活的不知所措，或失去生活目標吧？

白牙再去河口，牠最後也又跟隨而去，恐怕不是一種友情的召喚，而是，牠繼續不知如何面對生活。反過來說，像赫連麼麼這樣的鯨魚，似乎也不需要什麼強大的理由，就能促使牠做成溯河擱淺的決定。

39

身體是乾枯的海床，
最接近的一朵雲在地平線消失。

午後，大雨停止，太陽又露出臉來。

赫連麼麼因乾渴、難受而醒來，還以為自己已死去。剛才牠冥冥感覺又有動物走近，令牠產生極大的不安。現在四周卻空無一物，高大枯褐的蘆葦叢婆娑搖曳著。暖冬雖不熱，曝晒半餉，即有點暈眩，醒了又充滿睡意。

遠山朦朦朧朧，比剛來時遠而模糊多了。

牠曾經交配過的雌鯨並不多。就一隻座頭鯨雄鯨而言，這個紀錄算相當糟糕，而且在最後還選擇上溯河流！

牠這輩子好像沒做過幾次正確的決定，一想及此，赫連麼麼不免怪起白牙。難道是白牙誘騙牠來河口，故意引誘牠上溯？這是一頭老鯨魚給一頭老鯨魚的最後禮物？用牠自己的死亡？

赫連麼麼胡思亂想推測了一大堆不合情理的事，終究不知自己要或是不要什麼。

最後，牠終於確定一件事，自己不能像一頭鯨魚一樣正常地死亡了。

牠覺得很驕傲。

未幾心裡卻又不平衡起來。連死亡的位置都比其他鯨魚要差一些，牠的心裡萌生一種失去安全感的小小恐懼。可是，一路上溯時心情為何都那麼平靜，好像所有事情都看透似的？牠發現，其實自己對海洋還有很深的眷戀。

唉，算了！這輩子就這麼白活吧！牠一狠心想，心情又快活多了。

40

仍是星光明亮的潔淨冬夜，潮水已滿潮一段時候。

橡皮艇划入水道才停下來。不遠處，鯨魚烏黑的身子橫陳在泥沼岸邊，隱隱發亮。

「我們就在這裡。」葉桑把木槳收回。

「會不會離鯨魚太遠？」阿公問道，一邊忙著用傻瓜相機拍照。

「在這裡播放，整個沼澤都聽得見。」葉桑說。

小和想到阿公也這樣跟他說過時，差點笑出來。

「小和，你就在這裡守著唱機，儘量不要動。也不要隨便說話。我叫你放唱片時你才打開唱機。」葉桑說。

小和緊張地點頭，不斷地瞧著遠處的鯨魚。

「你確定距離沒問題？」阿公又有點疑慮。

「再划向前，並沒有什麼差別。」

「以前真的有人這樣試過？」

葉桑愣了一陣，勉強回答，「我好像在一本國外的科學雜誌讀過。」

阿公聽了有點擔心，他仍懷疑葉桑可能是道聽途說得來的知識。

葉桑抽出一張唱片放到唱機上。

「這是誰的？」小和問道。
「巴哈。」
「巴哈？」
「一個著名的德國音樂家。」
「他為什麼跟鯨魚有關？」
「因為有一種白色的鯨魚很喜歡他的音樂，一播放就圍攏過來。你可以播放了。」

小和輕輕地把唱機打開，但卻不敢放太大聲。

「可以再大聲一點。」葉桑說。

唱片在唱針下緩緩運轉。巴哈的曲子在黑暗中揚起。突然間在這個地方聽到，不僅格格不入，更覺得十分怪異而荒謬。但隨著河水微微地起伏，音樂似乎慢慢地和河水融合在一起，像上游的河水注入了沼澤，流轉出柔美的音韻。旋律中有著很大的平靜空間。他們慢慢地接受了。不知不覺中，人連帶著船也在音樂的節奏裡，隨河水緩緩地搖晃起來。

但是鯨魚呢？

他們緊張地盯著蘆葦叢，目不轉睛。未幾，疑惑開始產生，因為鯨魚始終毫無動靜。

「巴哈的作品雖然很深沉，不過，很適合療治心靈的傷痕，鯨魚會喜歡的。」葉桑跟他們祖孫二人再解釋一次。

阿公清楚巴哈的作品向來有一種理性，蘊含著比較純粹的東西，沒有情緒，這是需要平心靜氣才能領悟的，但要一頭鯨魚體會？他實在難以想像。眼前的葉桑看來比十幾年前更加無理性了。

阿公也記得葉桑年輕時只喜歡在運動場跑跳，很少參加他們的愛樂社，根本談不上情趣與品味。

「你什麼時候懂起古典音樂了？」

「我相信這頭鯨魚懂得不會比你少。」葉桑知道阿公的語句中充滿暗諷，乾脆回了這樣傷人的重話。他準備好要和阿公再吵架了，但這回阿公意外地未回嘴，只是臉色沉了下去。

過了許久，蘆葦叢仍沒有動靜。

「要不要放棄，想別的方法試看看？」阿公不耐煩地建議。

葉桑繼續緊盯鯨魚，一句話也不吭。

「能不能讓音樂奏完。」小和堅持道。

「我們如果要爭取時間，最好要到岸上想別的方法。」阿公不以為然。

「可是，鯨魚或許已經聽到，牠可能已經設法在動了。」小和突然想起不久前的夢。

「小和，很抱歉，我實在看不出來。」阿公冷然地說。

葉桑彷彿置身事外。

「可是，你看！」小和突然激動地站起身大叫，手指著鯨魚。

阿公和葉桑也紛紛站起來，他們也無法相信眼前發生的事實，因為鯨魚的確在移動了。

鯨魚移動了。蘆葦叢發出蘆葦桿莖被擠壓的連續斷裂聲。牠慢慢地轉動，好不容易回過頭來，正對著小艇，噴氣，像火車要出駛一樣，慢慢地入水，朝橡皮艇游來。

「天啊，沒想到真發生這種事。大家千萬不要慌張。小和一定要抓穩唱機，我們要向後划了。」葉桑壓抑著興奮，低聲命令，一邊摸槳，摸了好半天才握住。

「陳君，快點啊！」葉桑也向仍端著傻瓜相機發愣的阿公低聲叫道。

於是，他們又將橡皮艇慢慢划入河心。

巴哈的音樂繼續在微暗發光的河面優雅地迴盪著，鯨魚始終緊跟在後，冒出駝峰，保持一小段距離。偶爾，抬起尾鰭或胸鰭輕拍河面，激起銀亮的小水花。

「看來好像是在悠游，不像擱淺過的樣子。」葉桑興奮地讚歎道。

小和不停地搖頭晃腦，彷彿是跟著牠一起游泳般，完全忘了自己是在船上。

「我們朝河口划去。」葉桑說。

「太遠了，划不到。」阿公終於開口。

「管他的，能划多遠就划多遠，至少讓鯨魚有個準確的方向感，知道河口的確切位置，何況現在開始退潮。」

阿公看著葉桑的背影，仍跟學生時代一樣不服輸的戰鬥意志，如橄欖球員的雙肩，誇張地高聳。

鯨魚開始潛水，每回都迅即浮出水面。很顯然因離開水面太久，在重新調整自己。

此時不停划船，才感覺河面寬闊如大湖。葉桑回頭看小艇上的情形，阿公整夜未睡好，滿臉通紅，氣喘如牛，仍是硬撐著。

「陳君，再撐一下，我們至少要帶牠通過鐵橋。」葉桑氣咻咻地說，「小和，能不能倒杯水給我。」

「你能夠好好照顧自己就好。」阿公喘著氣，不服輸地喊道。

小和也想倒一杯給阿公。

阿公搖頭。

葉桑其實已累得四肢乏力，划起槳來，雙手好像都不是自己的了。他注意到紅樹林根莖的水位，「糟糕，潮水退得很迅速，如果不快一點，鯨魚就無法游出海。」

又不知過了多久，唱片突然轉完。

「陳君，你覺得換一張節奏快一點的唱片如何？」

阿公累得快說不出話來。

「小和，換另一張，看鯨魚會不會游快點。時間快來不及了。」

「好！」小和興致高昂，手腳俐落地取出巴哈的唱片，在轉盤換上搖滾的。河面迅速響起激烈、刺耳的重金屬音樂，比剛才的聲音散布得更加遙遠。

但是，鯨魚停止了泅泳，浮在原處，毫無前進的意圖。

「牠不喜歡搖滾，牠喜歡巴哈。」小和急得大叫，慌忙站起來，差點把小艇搖翻。不等阿公和葉桑反應，他趕緊又將巴哈的唱片換上去。

可是，等他放好，鯨魚已不見蹤影。

41

赫連壓壓沉入河底，偶爾吐水泡，調養自己整晚消耗的體力。適才，牠聞到河口外，隱隱傳來黑潮的味道。連茗荷介似乎因聞到這味道而在牠身上不安地騷動起來。

「這味道會引領鯨魚回到很多冰山和磷蝦的地方。」牠記得米德說過這樣的話。

黑潮、小熊星座，還有遠山都是鯨魚永遠的朋友，牠想。茗荷介呢？這些從生陪到老死的小東西，是朋友嗎？

赫連麼麼無法作答。

適才突然爆出一陣聲音跟船發出的聲音一樣吵雜，讓牠本能地下潛。好久沒有潛到水底，牠覺得舒服極了，好想就這樣在水底一直待下去。

水面上再度響起那一悠揚平和的聲音。好舒服的聲音，讓牠又懷念起和母親一起生活的時光。母親將牠高舉，頂出水面。還有和其他鯨魚一起哼歌、遊戲，一起製造水泡網圍捕磷蝦的時日。牠也看到每一頭鯨魚了。米德、駱加、白牙，以及交配過的雌鯨，還有自己的子嗣，都在冰山海灣集聚。牠興奮地加入，哼起歌來，並再度向那樂聲浮上去。

當冰山開始旅行時，
我們到它們離開的地方，
把過去的智慧種植在下一代的心田。

42

他們在艇上等了許久，突然艇底震動起來。葉桑大叫，「聽到沒有，鯨魚在下面哼歌！」

「真不可思議！」阿公驚奇地喃喃自語，又緊張擦汗。無意間，摸到木刻小鴨。他取出來想要還給葉桑。

這時，水面又寂然無聲。阿公愣了一下，急忙將木刻小鴨收回。

他們三人都急得不敢發出聲，全心期待河面會發生某些事情。水面只剩巴哈的音樂隨水起伏。

他們果然等到了。未幾，鯨魚又嘩然浮出，噴氣。

他們也馬上握槳，朝河口划去。

但鯨魚卻未再如先前尾隨橡皮艇。

他們急忙停止划槳，觀察動靜。

橡皮艇一停，鯨魚隨即慢慢地繞著橡皮艇泅泳。

三人都未講話，全神貫注地注視著鯨魚的一舉一動。

鯨魚緩緩轉個兩三圈後，彷彿很疲憊，靜靜地浮著，不再拍動胸鰭。

小和趕緊將唱機轉大聲，但鯨魚仍像一座小島寂然不動。

「牠怎麼了？」小和緊張地大叫。

阿公搖搖頭，無從判斷，心裡卻猜想，大概是體力耗盡，就像他無法再划槳一樣。

「牠會不會是受傷了？」小和轉而問葉桑。

葉桑也不知如何回答。他覺得，鯨魚的情況好像一個人在對某件事長期的觀察產生絕望後，仍堅持要去完成一件不可為的大事。

小和眼看他們兩人愁眉不展，似乎意識到某種不祥，轉而激動地朝鯨魚大喊，「快點游啊！快點朝河口游去！你這個笨蛋！」

情急下，他慌忙站起身，先將自己的運動帽投出，再拿出口袋裡的玩具手槍，狠狠投擲過去。然後，又在艇上找任何可丟擲的東西。葉桑趕緊抱走唱機。小和遍尋不到東西，只好舉起木槳，不斷地拍擊水面，企圖將鯨魚趕走。

阿公慌忙站起來，試圖阻止他，未料重心不穩，「啊呀！」慘叫一聲，連著胸前的傻瓜相機一併翻落水裡。

還好，沒多久，阿公隨即露出了臉。葉桑趕緊划過去，費了一番勁，辛苦地把他拉上橡皮艇。兩根木槳卻隨水漂走了。

小和依舊著急，繼續聲嘶力竭地對著鯨魚大喊。

阿公全身濕淋淋地在旁發抖，指著鯨魚大喊，「牠動了！」

小和這才安靜下來，整個河面頓時又死寂一片。

可是，他們全都愣住了，因為鯨魚是朝反方向緩緩地泅泳，很堅決地離去。

鯨魚似乎要游回沼澤，用一種人類無法理解的原因。

鯨魚真的是自己選擇擱淺？

小和想起昨天阿公的解釋，突然想再喊叫，卻不知如何開口。

河心只剩橡皮艇孤獨地漂著，鯨魚離他們愈來愈遠。也不知何時，河面又起霧了，最後，鯨魚在霧氣中消失。

小島也隱藏在霧裡。不久，小和彷彿聽到蘆葦再度連續斷裂的聲音，以及，鯨魚最後的噴氣聲。

葉桑靠過來，輕拍小和的臂膀，聲音沙啞地說，「回去了。」

43

最後是什麼原因，使得赫連麼麼又回頭游上岸呢？赫連麼麼也說不上來。牠只是覺得非常非常疲倦了，必須趕快休息。趕快挪出一個位置，讓海洋有更大的空間。

赫連麼麼再次緩緩地滑入沼澤，比前幾回都順利、平穩。

牠隨即做了一個夢。在夢裡，牠和白牙前往熱帶海域去冒險。從來沒有座頭鯨去過那兒。牠們在沙灘擱淺，旁邊有高聳的山巒。牠們又遇到海鷗。

許多海鷗飛降在牠們身上，痛快地啄食茗荷介。
牠已很久沒有做夢。醒來時，仍是月明星稀。

遠方有哭泣與快樂的聲音，
它們一如茗荷介的生存，
但最後和我並躺的只剩下山。

赫連麼麼沉吟道。

44

「河水愈來愈髒了！」阿公感覺全身都在發癢。

「沒想到你也會抱怨河水。」葉桑說。

河面被團團大霧圍住。

阿公因全身濕透，凍得發抖，還不停地打噴嚏，「希望其他人發現鯨魚時，牠只剩白骨。」

「我喜歡剛剛那樣交會而過的接觸。」阿公又自言自語起來，「好像什麼事都未發生。」

橡皮艇繼續漂行，也不知要漂向那裡。

小和累了，趴躺在小艇中熟睡。

他又做了一個夢。在夢裡，他穿藍色制服，騎著腳踏車穿過街道，和同學一起並行，趕著在升旗典禮前騎入校門。

「不知道這是哪裡？」阿公問。

「大概是河口吧。」葉桑說。

「嗯。」阿公也累了，有點昏昏欲睡。

「糟糕，小貓咪來不及餵飯了。」

遠方的霧裡似乎有一團大黑影，一閃即逝，阿公嚇了一跳，還以為是鯨魚又出現了。

「我們什麼時候再比賽？」葉桑笑咪咪地問他。

阿公摸口袋，發現木刻小鴨不見了。現在他最想要的是一杯熱奶茶，也想再吃一條巧克力。

「有空，你應該加入我們的保護行列。」

阿公終於睡著了。

不久，他們抵達河口的岸邊，那兒橫陳著一棵從上游漂下來的大檜木，彷彿一頭擱淺的鯨魚。他們坐在旁邊，升起一堆營火，等待日出。濃霧漸漸散去，空出一個更灰冷、空蕩且嚴寒的冬日海岸。海鷗們一邊飛行一邊聒叫的聲音，自遠方的遠方傳來。

綠蠹魚叢書 YLK102

座頭鯨赫連麼麼 小說×繪本

文・圖／劉克襄
編輯製作／台灣館
總 編 輯／黃靜宜
專案主編／朱惠菁
編務執行統籌／張詩薇、張尊禎
企劃／沈嘉悅
封面暨內頁視覺設計／黃寶琴・優秀視覺設計

發行人／王榮文
出版發行／遠流出版事業股份有限公司
地址／104005台北市中山北路一段11號13樓
電話／（02）25710297
傳真／（02）25710197
郵政劃撥／0189456-1
著作權顧問／蕭雄淋律師
輸出印刷／中原造像股份有限公司

2017年 2 月 1 日 初版一刷
2024年12月 1 日 二版一刷
定價 370元

Printed in Taiwan
ISBN 978-626-418-034-4

YLib 遠流博識網
http://www.ylib.com E-mail: ylib@ylib.com

【《座頭鯨赫連麼麼》原版小說出版於1993年】

國家圖書館出版品預行編目（CIP）資料

座頭鯨赫連麼麼 / 劉克襄文 . 圖 . -- 二版 . --
臺北市 : 遠流出版事業股份有限公司 , 2024.12
面 ;　公分 . -- (綠蠹魚叢書 ; YLK102)
ISBN 978-626-418-034-4(平裝)

863.4　　113017478